CHRISTIAN DIETRICH GRABBE

# DON JUAN UND FAUST

EINE TRAGÖDIE IN VIER AKTEN



MIT EINEM NACHWORT
VON ALFRED BERGMANN

PHILIPP RECLAM JUN. STUTTGART

Der Text folgt: Christian Dietrich Grabbe: Werke und Briefe. Historisch-kritische Gesamtausgabe in sechs Bänden. Herausgegeben von der Göttinger Akademie der Wissenschaften. Bearbeitet von Alfred Bergmann. Erster Band. Emsdetten: Lechte, 1960.

Universal-Bibliothek Nr. 290 [2]

Satz: Maschinensetzerei B. Baumgarten, Esslingen/N.
Druck und Bindung: Reclam, Ditzingen
Printed in Germany 1985
ISBN 3-15-000290-7

## PERSONEN

*Der Gouverneur* Don Gusman
Donna Anna, *seine Tochter*
Don Octavio
Don Juan, *spanischer Grande*
Doktor Faust
Ein Ritter
Signor Rubio, *Polizeidirektor*
Signor Negro
Leporello, *Diener des Don Juan*
Gasparo, *Diener des Gouverneurs*
Lisette, *Magd der Donna Anna*
Gnomen. Mehrere Nebenpersonen

*Ort der Handlung: Rom und der Montblanc*

# ERSTER AKT

## ERSTE SZENE

*Rom. Gegend des spanischen Platzes.*

*Don Juan tritt auf, gleich nachher Leporello.*

Don Juan.
Still sind die Plätze und die Straßen, nur
Springbrunnen plätschern tändelnd in dem Dunkel, –
Die ewge Roma schläft, ermüdet vom
Jahrtausendlangen Schlachtenkampf, vielleicht
Noch weit mehr von der Bürde ihres Ruhms.
Die arme Herrscherin der Welt! Sie hat
Die *Liebe* nie gekannt!
*(Weiter vortretend.)* O welche Luft umweht mich!
Wie duftig strömt es her von Albas Bergen!
Es ist die Luft, die einst die Cäsars nährte,
Der Äther ists, in welchem heute die
Geliebte atmet!

Leporello. Herr, erlaubt ein Wort:
Es ist der Dampf, der aus der Garküch hier
Beian, allwo ein Haufen lustiger
Gesellen Wirtschaft treibt, uns in
Die Nase sticht.

Don Juan. Sieh, Leporello. – Hast
Du Nachricht eingezogen?

Leporello. Nun, das Mädchen
Ist eine Perle, gut genug, dem Kranz
Sie anzureihn, den Ihr schon tragt.

Don Juan. Sie strahlt
Als Herrlichste der Frauen!

Leporello. Don, ich bin
Entzückt! Ich sah sie!

Don Juan. O so rede schnell!
Bewegung und Gestalt – Wie sind sie?

Leporello. Wie?
Ihr habt sie selbst noch nicht gesehn?
Don Juan. Gesehn,
Gesprochen – weiß ich es? Mich blendete
Ihr Auge!
Leporello. Wetter, es ist schön, – doch von
Dem Ganzen ists nur wenig.
Don Juan. ’s ist ein Stern
Der Nacht! Bei Gott, es ist der feste Nordstern,
Der fortan einzig meinem Leben leuchtet!
Leporello.
Was nennt Ihr *einzig*? Ohngefähr *zweitausend*?
Don Juan. Solch eine Liebe hab ich *nie* empfunden!
Leporello. Bei wieviel *Hunderten* habt Ihr das schon
Gesagt?
Don Juan. – Erforschtest du des Mädchens Vater?
Leporello. Er ist der Gouverneur Sevillas, der
Bezwinger von Granadas Maurenhorden,
Jetzt hier beim Haupt der Christenheit
Als spanischer Gesandter angestellt.
Don Juan. Ein Spanier! *Sie* eine Landsmännin!
Leporello. Ach Herr, der Mann ist grad so alt als streng!
Don Juan. Also ein alter Stamm mit goldner Frucht!
Leporello.
Ansehnlich ist der Stamm, die Frucht hängt hoch!
Don Juan. Je näher sie den Sonnengluten schwebt,
Je eher *reift* sie, und was *reif* ist, *fällt*!
– Noch nächsten Abend muß ich sie besitzen.
Leporello. Da müßt Ihr erst den Bräutigam beseitgen!
Don Juan. Was? Bräutigam? Pfui! Ich schäme mich
Des Worts. – Wie heißt der Narr, der Mädchen freiet,
Und nicht weiß, daß er Hahnrei wird?
Leporello. Der Narr
Ist so ein Vetter des Herrn Gouverneurs,
Heißt Don Octavio, und ist ein Herr
Von Bildung, feinem Äußern, nettem Herzen, –
Er trägt sich schwarz, führt weiße seidne Handschuh –
Don Juan.
– lebt mäßig, gibt nicht Anstoß, tanzt gut, reitet
Erträglich, spricht französisch, kann mit Anstand

Im Kreise der Gesellschaft sich bewegen,
Und schreibt vielleicht sogar auch orthographisch!
– Dergleichen Schuften in den Weg zu treten,
Ist mir die höchste Seligkeit!

Leporello. Euch gehts
Wie mir! Ein Schuft, der orthographisch
Mein Mädchen küßt, betrügt sich selbst, das Weibsbild,
Und mich auch! Krumme Wege nur
Verherrlichen das Ziel!

Don Juan. Weg mit dem Ziel –
*Nenn* es mir nicht, ob ich auch darnach *ringe* –
Verwünscht ist der Gedanke: jedes *Ziel*
Ist *Tod* – Wohl dem, der ewig strebt, ja Heil,
Heil ihm, der ewig hungern könnte!

Leporello. Danke!
– Ich merks, Ihr laßt mich hungern nach Prinzipien, –
Wenns nur mein Magen duldete, doch der
Ruft immerdar: „Heil ihm, der ewig frißt!“

Don Juan.
– – Mich brennt die Ungeduld. Dort steht das Haus
Des Gouverneurs, dort muß sie wohnen. Lärm
Gemacht! Wir locken sie dadurch ans Fenster.
*(Er zieht den Degen.)*

Leporello. Den Degen ein! Beim heilgen Jakob, ich
Entlaufe!

Don Juan. Feigling, es ist ja nur Schein!
Ich tu dir nichts! – Zieh – Zieh sag ich, oder
Ich bohr dich an den Boden wie ’nen Wurm!

Leporello.
Hilf Christ! ich bin verloren! Mit dem Schwert
Versteht er keinen Spaß! Sowie der Stahl
Klingt, rast er wie der Wolf, der Blut riecht!
– Aus Not muß ich mich wehren!

Don Juan. Trefflich! bravo,
Freund Leporello! – Ei, wie kühn! – Das wirkt
Die römsche Erde – wahre Heldenmutter,
Gebärt sie dich zum zweitenmal.
– Fort! schrei jetzt
Von Sbirren, Mördern, Überfall, Verrat –
– Und daß dein Schreien recht natürlich klingt,

Nimm diese leichte Wunde in den Arm!
– Doch bleib mir in der Näh, damit du's hörst,
Wenn ich dich wieder rufe!

Leporello. Element!
Mein Arm! Ich sterbe! Sbirren! Sbirren! helft!

Don Juan. He! Hülfe! Rettung! Fanget den Banditen!

*(Leporello ab. Getümmel im Palaste des Gouverneurs.)*

Der Gouverneur *(drinnen).*
Licht! Waffen! folgt mir, Don Octavio!

Don Octavio *(drinnen).*
Mit Gut und Leben steh ich Euch zu Diensten.

Don Juan *(für sich).*
Wärs wahr, so würdest du's nicht sagen! –
– So 'n Maulheld also! – Nun, es naht die Zeit,
Wo Krieg und Frieden, Lieb und Glück, und Gott
Und Glauben, nur die *Worte* sind, von dem
Was sie *gewesen. Ganz ergebenst* gibt
Man dann dem Bettler einen Fußtritt, und
*Gehorsamst* fordert man vom Diener ein
Glas Wasser! –

*(An einem Fenster im Palaste des Gouverneurs erscheint eine Dienerin mit brennenden Kerzen auf Armleuchtern, – dann Donna Anna, die einen Augenblick spähend hinaussieht.)*

Don Juan *(erblickt die Donna Anna).*
Ha, wie ein Goldadler reißt
Der Blitz sich los vom Gipfel des Nachthimmels;
Der Eichwald stürzt vor ihm zu Staub und flammt
Dabei empor in seliger Vernichtung –
– So sink ich hin zu deinen Füßen, Weib,
Und jauchze dennoch laut, daß ich dich liebe!

*(Donna Anna winkt ihn zürnend fort und entfernt sich.)*

Don Juan. Pah,
Vergebens winkst du mich von dannen! Ich
Erreiche dich, und wenn ich über Leichen,
Durch deines Vaters Blutstrom schreiten müßte!

*(Der Gouverneur, Don Octavio, und Diener mit Lichtern, treten aus dem Palaste.)*

Der Gouverneur.
Lärm unter meiner Tochter Fenstern! Straf
Und Tod ihm, der sich des vermaß! Erforscht ihn!

Don Octavio.
Ich bitt um Ruh, Herr Gouverneur; wir sind
Im fremden Lande.
Der Gouverneur. Ich bin hier Gesandter
Und übe *eigene* Gerichtsbarkeit, –
Wohin ich *trete*, da ist *span'scher Grund*,
Und wo ich *atme*, da weht *span'sche Luft*,
– Und jetzt, da meine Ehre freventlich
Verletzt wird, sollt ich ruhig es ertragen,
Und nicht einmal den Täter strafen dürfen?
Don Octavio.
Ein bloßer Lärm, Gott weiß, woher entstanden,
Beteiligt nicht die Ehre meiner Braut.
Der Gouverneur.
Wie sprichst du, Sohn? Die *Ehre* ist mein *Auge*,
Das kleinste Stäubchen, das hineindringt, macht
Mich blind und wild vor Schmerz!
Don Octavio. Jedoch der Täter
Ist schon entflohn!
Der Gouverneur. So forschen wir ihm nach!
Don Juan *(hervortretend)*.
Das tut nicht not. Ich weiß, wo er sich aufhält.
Der Gouverneur.
Wer seid Ihr? Redet.
Don Juan. Ich bin span'scher Grande,
Mit Namen Don Juan.
Der Gouverneur. Der Don Juan,
Der für den König siegsgewaltig an
Der Guadiana focht?
Don Juan. Der steht vor Euch.
Der Gouverneur.
Gebt mir die Hand! Wer für den König focht,
Der ist mein Bruder.
Don Juan. Herr, ich hörs, Ihr seid
Ein echter Landsmann!
*(Beiseit.)* Den gewinn ich noch
Mit patriotschen Phrasen, um so eher,
Als ich sie ernstlich meine!
*(Laut.)* Seid gegrüßt
In dieser Fremde – Wo man Spanien nennt,

Da atm ich freier! –
O kein Donner an
Dem Himmel, und kein Laut auf Erden, quöll
Er auch von schönster, süß'ster Lippe, gleicht
An Macht dem Worte: *Vaterland!* Weit mehr
Als mutiges Geschmetter der Trompete
Hat es schon in dem Kampf mein Herz erregt:
Bei seinem Klange steigt Hispania
Mit ihren Hochgebirgen, ihren Strömen,
Mit ihren Helden, ihren Heldengräbern,
Im Morgenlichte aus der dunklen See.
Verächtlich ist der Stolz des einzelnen,
Doch herrlich, wie die Heimat selbst nur sein mag,
Ist auch der Stolz auf sie!

Don Octavio. Die Rede stimmt
Nicht ganz mit Eurem Handeln. Ich vernahm
Schon viel von Euch. Ihr kränzt Euch öftrer mit
Der Liebe Rosen, als wie mit dem Blatt
Der Eiche.

Don Juan *(für sich).*
Merkt der etwas? – Eifersüchtig? –
Wer eifersüchtig ist, liebt weder, noch
Wird er geliebt. Mir winkt die Hoffnung!
*(Laut.)* Freund,
Erst lernt den Wahlspruch kennen, den ich rufe:
*König und Ruhm, und Vaterland und Liebe!*
– Ein schal Getränk ist jede Lieb und Lust,
Die in dem Herzen keimt, wo *die* vier Worte
Nicht einig lodern wie ein Kranz von Flammen!

Don Octavio.
Ein einzig Wort vergaßt Ihr – es heißt *Treue.*

Don Juan.
*Ich bin kein Sklav,* – wer wollte Ketten tragen?

Der Gouverneur.
Genug. Wer Ruhm und König liebt, kann ihnen
Nicht untreu werden, denn nichts Höheres
Gibts in der Welt.
– Und nun sagt an, wer war
Der Frevler, welcher hier den Lärm erhob,
Und, irr ich nicht, nach meiner Tochter schrie?

Don Juan. Wißt Ihr denn nicht, daß jetzt ein großer Magus,
Gekommen aus Norddeutschlands Eiseswüsten,
In Roma hauset und die Luft verpestet?
Im schwarzen Mantel, weißen Antlitzes,
Als hätte nie die Sonne es gerötet,
Schleicht er am Aventin, – vergebens mühn
Die Häscher sich, ihn zu ergreifen – Er
Entwischt mit Geisterhülfe immerdar!

Der Gouverneur. Ihr meint den Doktor Faust?

Don Juan. Dem Habicht ähnlich
Zieht er um Eure Tochter Zauberkreise, –
Er wars, der heute mit Beschwörungen
Sie locken wollte dort auf den Balkon, –
Doch Stahl und Männermut sind kräftger als
Magie. Mein Schwert wies ihm den Weg!

Der Gouverneur.
Ich dank Euch; aber wißt: nicht Zauberei,
Und nicht der Stahl gefährden oder schützen
Die Ehre Donna Annas. Ehre wandelt
Den eignen Pfad, trotz aller Schwingungen
Von Zauberkreisen oder Schwertern, – Tod
Ist wen'ger als die Ehre, – sie versteht
Nur Siegen oder Sterben – *Meine Tochter auch!* –
– Armseliger Patron, der Faust, der mit
Ohnmächtgen Höllenkünsten sich bemüht,
Das reine Herz der Donna Anna zu
Gewinnen, – selbst des Himmels Zauber würd
Es nicht verblenden, denn der Himmel kennt
Nicht schönre Stelle als ihr kindlich Herz!

Don Juan *(für sich).*
Der Vater selbst bläst meine Leidenschaft
Zu Gluten an, – wie göttlich über solch
Ein Weib zu triumphieren! – *Welten* können
Verwaist und ohne Seele rollen durch
Den leeren Raum, – doch wo ein fühlend *Herz* schlägt,
Da regen Welten, Sterne, Sonn und Mond,
Des Morgens Rot, des Abends falber Glanz,
Mit allem Schmerz und aller Freude, eng
Verschlungen sich im allerengsten Kreis –
Gewaltger *Herz-* als *Welt*-Eroberer!

Der Gouverneur.
Octavio, es gilt den Zaubrer einzufangen,
Dem Scheiterhaufen ihn zu übergeben.
*(Zu Don Juan.)*
Begleitet Ihr uns, Herr?
Don Juan. Das ist unmöglich.
Leer steht und ohne Aufsicht meine Wohnung.
Ich muß dahin, – doch werd ich unterwegs
Die Diener der Gerechtigkeit ermuntern,
In Eurer Nachforschung Euch beizustehn.
Der Gouverneur.
Das nehm ich an, und bitte nun zugleich,
Das Hochzeitsfest des Don Octavio
Und meiner Tochter, anberaumt auf morgen,
Mit Eurer Gegenwart zu zieren.
Don Juan. Sicher erschein ich da.
Don Octavio. 'ne Ehre wirds uns sein.
Don Juan.
Ich bitte, Herr – die Ehre ist auf meiner Seite.
Der Gouverneur. Lebt wohl bis dahin.
Don Juan *(für sich)*. Geht zum Teufel, Narren!
*(Der Gouverneur und Octavio ab.)*
Don Juan.
Luft! Luft! – O Worte! Worte! Ach, nur da,
Wo Küsse euch ersticken, lebt sichs selig!
– Und doch, gehts mir nicht selbst grad wie dem Baum,
Der voll von Blättern, bei dem schwächsten Windstoß
Aufrauscht? – Mich freut es nur, daß ich dem Faust,
Dem Renommisten der Melancholie,
Der nach der Hölle seufzt, weil er die Himmel
Nicht kennt, die sich in Donna Annas Augen,
Anmut und Feuer strahlend endlos auftun,
Die beiden Toren auf den Leib gehetzt –
Ob er kann zaubern, mag er jetzt bewähren!
– Ich aber lobe mir die Wirklichkeit!
Der Gouverneur, Octavio sind fort,
Das Haus geöffnet, und der Sieg ist mein!
*(Er will die Haustür öffnen, findet sie aber verschlossen.)*
Verwünscht! die Schlauköpfe sind auf der Hut
Gewesen, fest verschlossen ist die Tür! –

– Pah! alles einerlei! den Endzweck fest
Im Aug gehalten, – ist er stets nur *einer*,
So führen *tausend* Pfade auch zu ihm!
– He! Leporello! Leporello!

Leporello *(kommt)*.
Mein Arm! mein Arm! dem Feldscher hing das Haupt,
Als er ihn sah, gleich einer Tränenweide –
Der Doktor legt' an seine Nas den Finger
Wie eine Lunte, und dann brach er los
Von Skrupeln, Skrofeln und von Kachexie!
Durch Euch bin ich ein Krüppel auf zeitlebens!
O welch ein Lohn für meine treuen Dienste,
O welch ein Gang der Welt!

Don Juan. Ich rate dir,
Sei still! Sonst sollst du vor der *zweiten* Wunde
Die *erste* bald vergessen. – Kennst du
Die Dienstmagd Donna Annas?

Leporello. Herr, was denkt Ihr?
Ich eine Dienstmagd kennen! Und zwar *diese*!

Don Juan.
Verstell dich nicht! Du schleichst auf mein Gebot
Drei Tage schon um dieses Haus, und hättest
Das Mädchen übersehn? Sie leuchtete
Der Donna, als sie an das Fenster trat –
Ein schwarzes Aug, ein Grübchen in der Wange,
'ne weiße Haut, ein zarter, voller Arm,
Und eine nette Taille, sind ihr gar
Nicht abzusprechen.

Leporello. Und das alles saht
Ihr, als der Blitz von Annas Schönheit auf
Euch fiel gleich einem Adler, wie Ihr sagtet?

Don Juan.
Warum nicht? Stand die Dienrin doch daneben.

Leporello. Ihr seid ein Kraft-, Universal-Genie!
Die Herrin lieben, von der Dienerin
Entzückt, – und das so durcheinander während
Desselben Augenblicks – Weh mir! mir schwindelt!

Don Juan. Mensch, hältst du mich für einen albernen
Pedanten, eingewurzelt in *Systeme*?
Wo ich die Schönheit finde, schätz ich solche,

Und sei sie, welcher Art sie wolle.
Die Dienerin liebt *anders* als die Herrin,
Und nur *Abwechslung* gibt dem Leben Reiz
Und läßt uns seine Unerträglichkeit
Vergessen!
Sprich! Wo ist des Mädchens Zimmer?

Leporello. 's ist eine Sünde, daß ichs Euch verrate, –
Der Engel wohnt dort in dem Erdgeschoß –
– O mögen alle *Teufel* ihn beschirmen,
Denn vor den *Engeln* seid Ihr gar nicht bange!

Don Juan.
Eil an ihr Kammerfenster, – frag sie aus,
Wo man die Donna Anna außer dem
Palaste morgen treffen kann.

Leporello. Das soll
Ich mitten in der Nacht tun?

Don Juan. So will ichs!
Das ist romantisch; auch mag ich nicht warten.
Du weckst sie auf als kosender Liebhaber –
Was wär wohl süßer für ein Mädchen als
Aufwachen unter Schmeichelei, dem Lenz,
Bei dem selbst alter Weiber Stirnen sich
Verjüngen?

Leporello. Nun, es sei versucht!
Ich singe ihr eins vor, das selbst die Bären
Erschüttern, und dem Dachs im Winterschlaf
Die Ohren spitzen wird gleich Türmen!

Don Juan. Sing
So leis als möglich!

Leporello. Keine Sorge! Hört nur!
Es ist ein altes Lied, ein seltnes Lied,
Und ein verschmähter Liebender hat es
In einer Sommernacht, nachdem er lang
Geseufzt, endlich erfunden und gedichtet.
*(Singt.)*
„Ein Käfer auf dem Zaune saß – Brumm, Brumm,
„Die Fliege, die darunter saß – Summ, Summ,
„Fliege, willst du mich heiraten? – Brumm, Brumm,
„Ich gebe dir einen Dukaten – Summ, Summ."

Don Juan. Halt, brauch Vernunft!

Leporello. Vernunft? So muß ich sprechen,
Denn Singsang bleibt doch ewig unvernünftig!
*(In das Fenster flüsternd.)* Schläfst schon, Lisettchen? – Nicht ein Wörtchen? – Ach, du schläfst also noch nicht. Und du schmollst mir? – O mein Hermelinchen, mein Püppchen, wie kannst du mir schmollen? *(Zu Don Juan.)* Die verwünschte Ratte schläft nicht, sonst wär sie schon längst aufgewacht und hätte mir geantwortet. Sie wacht und kokettiert mit ihrem Schweigen.

Don Juan. Woher kennt du ihren Namen?

Leporello. Ihren Namen? Eh, den les ich so aus ihrem Wuchs, aus ihrer Physiognomie – Herr, wie der Name, so sieht der Mensch aus, – Ihr glaubt nicht, was so ein Schall tut, – die Amalien sind lang und schwärmerisch, die Karolinen drall und pfiffig, die Julien voll und lebhaft, die Wilhelme, die Christiane, haben so etwas von viel gebrauchten Geldstücken, und sind abgeschabt, mager und bleich, – die Augusten neigen sich zum Braunen, – o Herr, bin ich ein Unglückskind, so ists, weil mich meine Eltern Leporello taufen ließen. *(Wieder am Fenster.)* Lisette! Schönste der Jungfrauen! Geliebteste! Eine Silbe! Nicht schlafen kann ich und nicht essen. Deine Schönheit, deine Tugend rühren mich zu Tränen.

Don Juan. Wie die Zwiebeln!

Leporello. Was ist deine Gebieterin gegen dich? Ein ärmliches Ding, ein Würmchen!

Don Juan. Spitzbube!

Leporello. Still – Paßt auf – das hilft – das *glaubt* sie!

Don Juan. Hast recht – die Mädchen machen es mit dem Glauben, wie die reichen Leute mit der Speise, – sie nehmen nur das zu sich, was ihnen angenehm schmeckt.

Lisette *(drinnen)*. Pfui, Pfui! Wer lärmt da so unverschämt? Will er denn noch gar nicht aufhören, der böse Mensch?

Leporello. Hört Ihr? „Noch gar nicht aufhören!“ – Sie hat mich schon lange gehört!

Don Juan. Sie schimpft! Das Schimpfen ist die Lärmglocke der Hetären!

Leporello. Ihr kennt die Praxis; doch ich auch ein bißchen. *(Einen Ring vom Finger ziehend.)* Seht, so ein Reifen ist für Mädchenaugen des Zirkels Viereck, der echte Zauberring – die Beste gibt dreimal ihre Unschuld zu, wenn sie nur einmal einen Ehmann kriegt.

Don Juan. Die Ehherrn sollten künftig die Trauringe statt auf dem Finger in der Nase tragen, zum Zeichen, daß sie doch an der Nase geführt werden.

Leporello *(am Fenster).* Teuerste Lisette, kennst du mich denn nicht? Ach deinen Trauring hab ich dir mitgebracht, ich führe dich morgen zum Altar.

Don Juan. Ehdem führte man zum Altar Kälber und Schafe, um sie zu schlachten, jetzt die Mädchen, um sie zu heiraten. – Nichts Neues unter der Sonne!

Lisette. Graf Leporello –

Don Juan. Wie Kerl? Du hast dich für einen Grafen ausgegeben?

Leporello. Si Signore – Ich liebe stets als ein Graf.

Lisette. Graf Leporello – Täuschen Sie kein armes Mädchen; hüten Sie sich; so arm ich bin, ich bin doch eine Römerin; bei der Madonna, ich töte Sie, wenn Sie mich betrügen! – Warten Sie! Ich komme. – Wo ist der Ring?

Leporello. Hier, du Süße! Nimm ihn. Treu und echt ist meine Liebe, wie sein Gold! *(Zu Don Juan.)* Nicht bange, Herr; er ist von Kupfer und kostet nur sechs Pfennige, die ich mir aber morgen zu ersetzen bitte.

Lisette *(den Ring nehmend).*
Ja Graf! ich steck es an, das Pfand der Treue,
Und folge dir bis in den Tod!

Leporello. Nun hab
Ich dich – o glücklich Los. – O meine Mutter!
Die macht dir Augen zu der Mißheirat –
Die arme Frau, der Schmerz wird sie verzehren!
Doch mag die ganze Welt zusammenbrechen,
(Sie bleibt schon stehen, mir ist gar nicht bange!)
Was kümmerts mich, wenn ich nur *dich* besitze!
– Wo treff ich morgen Donna Anna am
Gelegensten? Ich hab mit ihr deinthalb
Zu reden.

Lisette. Donna Anna wandelt morgen
In ihres Vaters Garten.

Leporello. Und wo liegt der?

Lisette. Am Tibertor, gen Osten.

Leporello. Nun weiß ich genug.
– Nur einen Kuß, Holdselige, zum Abschied.
Lisette.
Du willst mich schon verlassen, Ungetreuer?
Leporello. Bis morgen nur, du Angebetete!
Dann fahr ich vor mit Rossen und mit Wagen
Und führ dich an den Ebro, wo mein Schloß
Hoch in der blauen Luft sich auftürmt!
Lisette. Komm,
Und nimm den Kuß, und denke mein!
Don Juan. Zurück!
Wer wagt es da zu küssen, wo Ich weile?
Leporello. Ei, Herr –
Don Juan. Bei deinem Leben, schweige still!
Die einzge Speise, deren man nicht satt
Kann werden, ist der Kuß; – wo man ihn nimmt
In meiner Gegenwart, da raubt man mir
Das Essen vor dem Munde!
Lisette. Graf, mein Graf!
Wo seid Ihr? O mein Himmel – Er verläßt mich,
Verschmäht den Kuß, den ich ihm biete –
– Der Keil des Donners soll ihn schlagen,
Mein Fenster aber schlag ich zu! –
Don Juan *(zu Leporello)*. Den Donner
Der zugeschlagnen Fenster laß dir dreist
Gefallen!
– Vor mir Nacht, bis daß Aurora
Vor Scham errötet, weil die Donna Anna
Viel schöner ist als sie! – He, Leporello –
Die Grafen Lucar, Sanvitale, lad
Zu mir.
Leporello. Ein Spielchen also?
Don Juan. Ja, mein Guter,
Und Wein! – Auf Einer Karte, Einem Blättchen,
Das ganze Geld, das ganze Leben schwebend,
Dem Sturme des Geschickes preis geboten,
Das nenn ich zeitvertreibenden Genuß!
Laut jauchz ich, flög auch alles in die Luft!
Der Einsatz war just dieses Wagstücks wert, –
Và banc der Possen!

Leporello. In zwei Nächten schlieft
Ihr nicht.
Don Juan. Pfui Pfui der Schlaf. – Die Zeit, die man
Nicht schläft, heiß ich dem Tode abgewonnen –
Die Augen offen, gleich nie müden Sonnen! *(Ab.)*
Leporello. *Der* Mensch ist unersättlich im Genusse –
Und wirklich, wär ich nur in seinem Stand
Und Reichtum – höchstens wär ich noch einmal
So schlimm als Er! – Nun zu dem Sanvitale! *(Ab.)*

## ZWEITE SZENE

*Rom. Zimmer des Doktor Faust auf dem Aventin.*
*Eine Lampe brennt.*

Faust *(erhebt sich vom Schreibtische).*
Unselge Nacht, willst du denn nimmer enden?
– Weh mir, sie hat erst eben angefangen –
Noch schlugs kaum elf. Zurück zur Arbeit also.
– – Zur Arbeit! Zum Studieren! Schmach und Jammer!
Tödlicher Durst und nie gestillt! Sandkorn
Zum Sandkorn sammeln, grenzenlose
Und immer grenzenlosre Wüsten um
Sich her zu bauen, und sodann darin
Sich lagern, schmachtend und verzweifelnd! – Ha,
Ein *Raubtier* wird man, bloß um sich zu *nähren*!
Empfindungen, Gedanken, – Herzen, Seelen –
Den Menschen und das Leben, – Welt und Götter,
Ergreift es und erwürgt es sich zur Beute,
Und schreit vor Zorn und Hunger, wenn es kaum
Zehn Tropfen Bluts in ihren Adern findet.
– Wer hat gestrebt wie ich? Wo ist der Pfad
Der Kunst, der Wissenschaft, den ich nicht schritt?
Weit ferner, kühner (ohne Rühmen darf
Ichs sagen) drang ich darauf fort als all
Die Herren, die beim ersten Meilenstein
Umkehren, voll von ihrer Reise Wundern,
Und als gelehrte, selbstzufriedne Toren,
Von größern Toren angestaunt, sich brüsten!
– Ich aber wanderte und wanderte –

Es blieb die Sonne hinter mir zurück,
Und nur ein paarmal merkt ich, daß sie trübe,
Fast wie ein rotgeweintes Mutterauge,
Mir durch die Nebel nachsah. Weg mit ihr!
Es war ein schönres Licht, nach dem ich suchte!
Und schau, da ist das Ziel: vor mir der Abgrund,
In den die Ströme der Gedanken, des
Gefühles, brausend niederschäumen, ohne Rückkehr,
In dessen Brodem sich des Zweifels Hyder,
Mit roter Zunge giftig flammend, windet
Und mästet! –
Golgatha,
Du Schädelstätte, wo das Licht der Welt
Der Todesnacht sich hingab, daß es sie
Verkläre – Auch *dein* Strahl dringt nicht hieher!
– Du großes Buch, du Bibel (Fels des Glaubens sagt man),
Von Varianten voll und Doppelsinn,
Voll Weisheit und voll sonderbarer Sprüche,
Mit keinem sichren Laubdach überwölben
In diesem dunklen Sturm mich deine Blätter;
Welk, trocken, fallen sie wie Laub des Herbstes,
Und wenn ichs nicht im *Innern* spüre, führen
Nicht tausend Bibeln, tausend Paradiese,
Nicht alle Ewigkeiten mich zum Heil! –
– – O, welche Flammenschrift brennt mir im Haupte?
„Nichts glauben kannst du, eh du es nicht *weißt*,
„Nichts wissen kannst du, eh du es nicht *glaubst*!"
Kein irdscher Geist, der dieses Rätsel ahnt,
Und nicht nach seiner Lösung seufzte, – Keiner,
Der sie gefunden, – Selig die, die schwach
Genug sind, um vom Schein geblendet, Schein
Für Licht zu halten, – blindlings glauben, weil
Sie blindlings hoffen! Die schlaftrunknen Seelen!
– Doch lieber will ich unter Qualen bluten,
Als glücklich sein aus Dummheit! – Erdball, Boden,
In dem ich wurzeln muß, der mich geboren –
Ein *ausgerißner, ausgedorrter* Stamm
Bin ich, wenn ich in *deinem* Mark den Fuß
Nicht fassen, Kraft und Freude nicht draus ziehn kann,
Wenn ich entwurzelt mich in jenen Abgrund,

Der bläulich über unsren Scheiteln dämmert,
Voll der bigotten Hoffnung stürzen soll,
Daß dort in wüster Unermeßlichkeit
Und Ferne, aufzufinden sei, was ich
Im nahen, engen Raum nicht finde!
*Nah!*
Was ist mir näher als das *Vaterland*?
Die *Heimat* nur kann uns beseligen,
Verräterei, die Fremde vorzuziehn!
Nicht *Faust* wär ich, wenn ich kein *Deutscher* wäre!
– O Deutschland! Vaterland! Die Träne hängt
Mir an der Wimper, wenn ich dein gedenke!
Kein Land, das herrlicher als *du*, kein Volk,
Das mächtger, edler als wie *deines*! Stolz
Und stark, umkränzt von grünen Reben, tritt
Der Rhein dem unverdienten Untergang
In Niederlandens Sand entgegen, – kühn
Und jauchzend, stürzt die Donau zu dem Aufgang –
Unzählge deutsche Adern rollen grad
So stolz und kühn als Deutschlands Ströme! – Schau,
Hoch über dem eiszackigen Gebirg
Tirols, erhebt der Adler sich zur Sonne,
Als wäre da sein heimatlicher Horst, –
Die Berge schrumpfen unter seinem Blick
Zu Stäubchen ein, – tief unten aber in
Tirols beengten Tälern, schlägt für Kaiser
Und für Ehre manches Herz weit höher als
Der Adler wagt zu steigen –
Selbst dies Rom,
Wer wars der diesen Käfig brach, in dem
Die Nationen römisch erst, und dann
Papistisch siegen lernten? Ha, hier war es,
Wo Alarichs, des gotischen, wo Karls,
Des fränkschen Landsmanns, wo der Hohenstaufen
Siegsrauschende Paniere flatterten,
Geliebkost von der heißen Luft, die einst
Die Kön'ge tötete!
Hier ist es, wo
Sankt Peters Kuppel sich emporgewölbt,
Den Blick der Menschheit ins Endlose auf-

Zufangen, – schmählich jetzt geborsten vor
Dem Donnerrufe, der aus Wittenberg,
Aus meiner Vaterstadt, aus Luthers Munde,
All meiner Zeitgenossen größten, über
Die Alpen furchtbar herklang!
– Und – doch o doch! –
Auch Luther, du! den *Wahn* hast du verjagt,
Zermalmt, zernichtet hast du wie der Blitz,
Nur etwas *andres, Wahrheit,* die besteht,
Beruhigt, hast du nicht gegeben – Offner
Als je tut sich vor dem enttäuschten Auge
Die Tiefe auf – Zertrümmern, mit den Trümmern
Ein Trümmerwerk erbaun, das kann der Mensch,
Das kann er mit den Körben oder Eimern,
Durch die er Stein zum Steine, Tropfen trägt
Zum Tropfen, die er Kunst und Wissenschaft
Benennt!
Aus *Nichts* schafft Gott, wir schaffen aus
*Ruinen*! Erst zu Stücken müssen wir
Uns schlagen, eh wir wissen, was wir sind
Und was wir können! – Schrecklich Los! –

– Doch sei's!
Es fiel auch mir und folg ich meinen Sternen! –
Deutschland! Vaterland! – und nicht einmal
Im Schlachtfeld konnt ich für dich kämpfend fallen –
Du bist Europas Herz – ja ja, *zerrissen,*
Wie nur ein *Herz* es sein kann!
– – *Roma* du!
Dem Vaterland entfloh ich, als es mich
Nicht konnt befriedigen, – Ich floh zu dir,
In mir *die ganze Menschheit* aufzunehmen,
Und mich in dem Genuß zu sättgen, – denn
Du Rom! bist der zerbrochne Spiegel der
Umfassendsten Vergangenheit, und Heldenbilder,
Im Glanz des Blutes der Nationen und
Der eingebornen Bürger funkelnd, tauchen
Aus dieses Spiegels Scherben mehr und mehr,
Je tiefer man hineinblickt, gleich den Sternen
Aus dunkler Nacht! – Du bist die Stadt, wo sich

Im Augenblick Jahrtausende verschmelzen:
*Papst* auf dem *Kapitol,* und auf dem *Pantheon*
*Efeu von gestern*!
Roma, Herrscherin
Der Welt! Weh, dreimal Weh ihm, der gleich mir
Zu dir gekommen, daß du ihn erhebest!
Die Reiche alle sanken hin vor dir zu Staub –
– *Warum?* weiß niemand! Denn du warst nicht **besser**
Als sie! – Und als dein Schwert nun alles
Dir errungen, *fielst* du auch mit allem wieder
In Nacht und Barbarei – Aus dieser quoll
Ein *neues* Blut, ein *neues* Licht hervor, –
Umsonst hast du gestritten und gewürgt –
Der Klang nur von zerrißnen Geistesfesseln,
Die du um halb Europa wandest, ist
Geblieben – Frankreichs, Spaniens,
Italiens Sprachen!
Haben denn die Schlachten,
Hat der Ruin der Völker nur den Zweck
Von Märchen, die erfunden zur Belehrung?
Sind Welt*begebenheiten* weniger
Als Welt*geschichte*? Jammer über uns!
Denn die Geschichte hat die Menschheit nie
Gebessert! – Nur ein Don Juan vermag
Inmitten unter der Zerstörung Lava
An *Millionen* Blumen sich vergnügen,
Und nicht bedenken, daß es *viele* zwar,
Doch alle auch *vergänglich* sind, – daß wohl
Zerstreuung, aber keine Sicherheit
Und Ruhe da zu finden, wo die Eine,
Die Unverwelkliche nicht blüht! –
So sei's denn!
Länger ertrag ichs nicht! Ich sucht die Gottheit,
Und steh am Tor der Hölle – doch *noch* kann
Ich weiter schreiten, weiter stürzen, wär
Es auch durch Flammen – Ziel, ein Endziel muß
Ich haben! – Gibt es einen Pfad zum Himmel,
So führt er durch die Hölle, mindestens
Für mich –
Wohlan, ich wag es!

Nicht erlernt
Ich die Magie, mit der ich an den Wurzeln
Des Erdballs rütteln, Sterne löschen kann
(Nur meine Zweifel nicht), auf daß sie nutzlos
Als Theorie versaure – Ha, dort liegt
Mein Höllenzwinger (ach! kein Herzbezwinger!) –
*(Windsbrausen hinter der Szene. Faust tritt ans Fenster.)*
Hum,
Spürt ihrs, was ich beginne, Elemente?
Bleich glänzt der Mond und furchtsam fliehn
Die Wolken unter ihm dahin –
*(Er tritt wieder zurück, nimmt den Höllenzwinger, einen mit Ketten umwundenen Folianten, aus dem Verschluß, und legt ihn auf den Tisch.)*
Laß fliehen!
– Auf schlag ich es das Buch der Tiefe –
*(Er schlägt den Höllenzwinger auf; sogleich erlöscht das auf seinem Tische brennende Wachslicht.)*
Was da? Erlöscht das irdsche Licht? Meinthalben!
Nichts konnt es bei zahllosen Nachtwachen,
Am Pulte überstanden, mir erhellen –
– Ein andres ewges Licht, aus jenen Schachten,
Worin die Mittagssonne sich auf stets
Verdunkeln würde, ruf ich mir zu Diensten!
– Herauf, und leuchte mir!
*(An der Stelle, wo Fausts Licht erloschen ist, steigt eine glutrote Flamme auf und leuchtet ihm während der ganzen folgenden Szene. Faust faßt sich, wie schwindelnd, an die Stirne.)*
Weh! Funken der Hölle!
Bin ich verloren?
Mut! Mut! vorwärts!
*(In den Höllenzwinger blickend.)* Welche
Schriftzüge! Ich, ich selbst wars, der sie malte –
Und jetzt! – Verwünscht, der Mensch erkennt nur dann,
Wann ers bereits getan hat, das *was* er
Getan, und Teufelshände
Sind öfters unsichtbar im Spiel! –
*(Wieder im Anschauen des Buches verloren.)*
– Wie giftiges Gewürme windet, dreht
Sichs hier – dazwischen schwefelhafter Schimmer!

– O Unheil und Verzweiflung! Was sind Tiger?
Was sind Alligatoren, Krokodile?
Nichts! nichts! 'ne Albernheit, ein wahrer Spaß
Hiergegen! – Dampf umweht mich, den kein sterblich
Gemüt erträgt!
*(Vom Buch auffahrend und in die Leere starrend.)*
Ich sehe sie: die *Pforten*
*Der Hölle*! Ehern, brennend heiß, – vom Feuer,
Das hinter ihnen lodert, hoch gerötet
Gleich *glühnden* oder *überschminkten* Wangen
Der Jungfraun *oder* Huren! – Alles eins!
Weh dem, der je zurückblickt!
An klopf ich, bebt' die Erd auch auf! – Adieu
Ihr Engel, lieben Kinder, gute Nacht!
Fort mit den *Träumen*, womit ihr mich oft
Umgaukelt habt und bitterlich getäuscht, –
*Erwachen, wissen*, daß ich wach bin, will
Ich, sei es auch durch Stich der Höllenqualen!
*(Feierlich und sehr ernst, die Hand auf den Höllenzwinger gelegt.)*
Satan! bei jenem Namen, welcher dir
Allein gebührt, – vor dem du stets erbleichst,
Der ewig donnernd dir im Herzen rollt, –
Den nie ein Mensch gehört, – der größer ist
Als du, der du ihn trägst, – der hier gezeichnet
Steht, ruf ich dich, erschein, erschein und leist
Mir deine Dienste! *(Wieder in die Leere starrend.)*
Ha! auseinander fahren
Die Schreckenspforten! – Welch Gerassel! –
Ein Flammenstrom stürzt ein auf meine Brust –
– *Armselge* Flammen, – ihr, ihr wärt's, mit denen
Die Gottheit die Verruchten droht zu strafen?
O meine Brust brennt heißer als wie ihr!
– Doch schau! Da kommt es! kommt es! Eine Schlange
Mit gelbem Auge, – schuppig, – mit dem Schweif
Die Sterne peitschend und den Tartarus,
Bewegt sich her – die Luft wird mir zu enge –
Ich kann nicht atmen – schon umklammert
Das Ungeheur mein Haus, mich von der Welt
Absondernd, wie der Meeresarm das fern

Entlegne Eiland!
*(Die Glocke schlägt zwölf Uhr nachts. Faust horcht auf.)*
Weh mir, dieses war
Der letzte Klang, der hoch vom Turm, mir aus
Der Menschheit Kreis entgegenschallt! – Sie hat
Geschlagen, meine letzte, unter Menschen
Menschlich verlebte Stunde!
*(Es wird dreimal stark an die Tür gepocht, jedesmal begleitet von einem heftigen Donnerschlage.)*
Horch! *das* sind
Die *Glockenschläge,* die ich fortan höre! – –
– Er naht, der Feind! – Nicht Hülfe ruf ich! – Eher
In Tod und Ohnmacht, als in Furcht! – Herein!
*(Er stürzt ohnmächtig auf einen Sessel. Ein Ritter, mittleren Alters, bleichen Gesichts, nach Sitte des sechzehnten Jahrhunderts, jedoch durchaus* s c h w a r z *gekleidet, tritt herein.)*

D e r R i t t e r.
Wie? in Betäubung fällt der stolze Rufer,
Da wir uns nähern? Also viel Geschrei
Und wenig Kühnheit – *(den Faust rüttelnd)*
Hund, erwache!

F a u s t *(aus der Betäubung sich aufrichtend).* Wer –
Wer nennt mich Hund? – *Du Viper?* Zittre vor
Dem Fußtritt deines Herrn.

D e r R i t t e r. Herr, Herr, Ihr lagt
Vor Eurem Knecht in tiefer Ohnmacht!

F a u s t. Einmal,
Und nimmer wieder! Nur mein Körper, nicht
Mein Geist war schwach. Dein Anblick war abscheulich.

D e r R i t t e r.
Der Torheit! Nicht das Auge, nur der Geist
Dahinter, sieht! Entschuldigt Eure Schwäche
Nicht mit der reinen Brill in Eurem Haupte.

F a u s t.
Wo denn die Trennung zwischen Geist und Körper?

D e r R i t t e r. Eh ich Euch Antwort gebe, muß ich wissen,
Wozu Ihr mich berieft? auf welcherlei
Bedingungen?

F a u s t. Wer mit dem Teufel dingt,
Der wird betrogen.

Der Ritter. Auch der *weise* Faust?
Faust. Er wird es darauf wagen.
Der Ritter. Gut, so greift
Das Nächste und erreicht dadurch die Ferne.
Hier meine Hand – Nur nicht davor *gezagt* –
Ihr seid ja kein Trabant von ihm, mit dem
Sie einst gerungen hat, und ringen soll,
Bis meine Herrschaft sieget oder seine!
Faust. Des Renommisten! Du bist längst besiegt!
Der Ritter. Besiegt? Ha, Frevler – –
*(Wieder mit Kälte und Ruhe.)* Ja, wir stürzten – Zufall
Entscheidet oft das Los der Schlachten, – List
Bewältigte uns auch, – *Er* wollte herrschen,
Ich wollt es auch, der Gleichberechtigte –
Doch ich war offen, und Er heuchelte –
Er hieß die Fesseln „*Liebe*“ und sieh da,
Es waren Toren allerwärts, die über
Dem Klang des Wortes den der Kette nicht
Vernahmen – doch die *Nacht* ist unerschöpflich,
Das *Licht* bedarf der Nahrung und erlischt
Deshalb gar leicht aus Mangel. – Sterne, Sonnen
Verkohlen, Liebe sättigt sich, – es dringt
Das alte Dunkel, womit wir die Welt,
So weit sie sich auch dehnt, umlagern, schnell
Hervor, wo etwas einbricht. – Er muß sich
Schon wieder wehren, und wir greifen wieder
An! Dicht am Himmel, keinen Fingerbreit
Davon entfernt, stehn unsre Throne. – Zeig
Das Herz mir, sei's auch ausgestopft und glatt
Gesalbt mit gleißendsten Erbauungen
Des Katechismus, das in seinen Schlünden
Nicht auch für uns ein winklig Plätzchen hätte!
Faust. Du sprichst von *Finsternis*, und ich will *Helle*!
Der Ritter.
He, Doktor! ists die Nacht nicht, die das Licht
Gebärt? Steh ich nicht hier, weil jener Schein,
Womit sie Euren Horizont umfärben,
Nur Blendwerk ist *auf schwarzem Grunde*?
Wollt
Ihr jene Lava-Adern nicht erspüren,

Die in der Nächte tiefster rollen, alles
Entzündend, aber alles auch entzückend?

Faust. O welche Wonne! welcher Hochgenuß!
Könnt ich euch fühlen, tiefste Pulse der
Natur!

Der Ritter.
Ihr sollt sie fühlen, Doktor – *(für sich)* wenn
Du dir dabei den Finger nicht verbrennst.

Faust. Gewagt, gewonnen! Ewigkeiten weg
Für Augenblicke! Lieber bare Münze
Als zweifelhafte Schuldanweisung für
Die Zukunft! Du bist *mein* in diesem Leben,
Ich *dein* im Tode! –
Dafür aber fodr ich
Die ganze Kraft, die dir als Cherub einwohnt,
Fodr ich, daß du mit deinen mächtgen Flügeln
Mich von des Wissens Grenzen zu dem Reich
Des Glaubens, von dem Anfang zu dem Ende,
Hinüber suchst zu tragen, – daß du Welt und Menschen,
Ihr Dasein, ihren Zweck mir hilfst enträtseln, –
Daß du (der Theorie nur halber, denn
Die Praxis geb ich auf, seit ich mich dir
Ergeben) mir, und wärs beim Schein der Flammen,
Den Weg zu zeigen suchst, auf dem ich Ruh
Und Glück hätt finden *können*!

Der Ritter. Kleinigkeit!
Sehr *große* Kleinigkeit!

Faust *(für sich)*. Zweideutler!
'ne Kleinigkeit – doch warum eine *große*?

Der Ritter. Doch erst ersuch ich *dich* (wir stehn ja nun
Auf du und du) um ein paar Tropfen Bluts,
Das Pakt zu unterschreiben. Hier Feder,
Hier Papier!

Faust. Alles bei der Hand? Viel Vorsicht!

Der Ritter *(für sich)*.
Und desto wen'ger *Nachsicht*!

Faust *(verwundet sich an der Hand, und unterschreibt das Papier mit seinem Blute. Dann gibt er es dem Ritter zurück)*. Nimm sie hin
Die alberne Formalie.

Der Ritter *(für sich).* Er ist *mein*! *(Laut.)*
Nun sollst du –
Faust. *Soll?* Sklav, welch frecher Ton?
Was *soll* ich? Wer *befiehlt* mir?
Der Ritter. Doktor, Meister,
Ich lieg vor dir im Staube!
Faust. Lieg und zittre! *(Für sich.)* Ha,
Die Schlange! Krümmt sie sich nicht nieder, wie
Zum *Sprunge*? O wie furchtbar wird sie sich
Aufrichten, wenn die Zeit dazu gekommen! –
Der Ritter. Mein lieber Doktor, wissen willst du, was
Das Glück ist? Glück ist die Bescheidenheit,
Mit der der Wurm nicht weiter strebt zu kriechen,
Als seine Kraft ihn trägt, – Glück ist es, gleich
Dem Don Juan (von dem du viel magst lernen)
Stets zu genießen und den Magen nicht
Verderben, – Unglück ist es, daß dein Geist
Zu schwach ist zur Verdauung irdischer
Gesunder Speisen, und daher Luftbilder
Aufschnappt –
Faust. Und *Glück* ist es für Euch, Herr Ritter,
Daß Ihr so traurig liegt vor mir am Boden,
Daß ich mich schäme, für das geifernde
Salbadern, das Ihr auskramt, Euch zu züchtgen. –
– Elender Tor, was du da *sprichst*, das *prüft*
Ich längst. – Wo denkst du hin? Gut weiß ich es:
Die Hölle ist der beste Prediger
Der Christenheit, – man *fürchtet* sie! – Doch nur
Der aufgeblasne stolze Teufel selbst
Kann wähnen, daß der Faust, vor dem er *wimmert*,
Von ihm sich schrecken ließe!
Der Ritter. Wimmert! Wimmert!
*Man wimmert auch nach Rache!* – Wimmert! – O
Ihr meine Hände reckt euch auseinander,
Und packt ihn und durchkrallet seine Brust!
Faust. *Ruhig!* Droh mit den Tatzen nicht! Ich möchte
*Drauf schlagen!* Noch bin ich der *Herr*! – Erfüll
Das Paktum!
Der Ritter *(sich erhebend).*
Leicht geschehn! Du brauchst nicht weit

Zu fliegen – willst du glauben, willst du lieben,
Nun so *verlieb* dich in die Donna Anna,
Das schönste Weib, das je in Rom gewandelt.
Den ganzen Rummel hast du dann auf einmal:
Denn wer verliebt ist, seufzt und hofft, und glaubt
Und jauchzt!

Faust. Entriß ich dich dem Schwefelpfuhl,
Daß ich in eines Mädchens Kreis mich bannen,
Daß ich Stecknadeln lösen sollte, statt
Der Riegel, womit die Geheimnisse
Des Alls verschlossen sind?

Der Ritter. Es kommt die Stunde,
Wo dir der Donna Anna *Busennadel*
Weit mehr verschließt, als dir die *Welt* kann geben!

Faust. Hinweg! – die Welt durchgründet! – Hoch, die Kuppe
Umstäubt von Sonnen, wie von Flocken Schnees,
Erhebt sich über uns der Äther – Dunkel
Und immer dunkler, ein schwarzfinstres Auge,
Aus dem verborgne Tücke späht und droht,
Tut sich die Tiefe auf –

Der Ritter. Sie tuts! – Du bebst?

Faust. Was beben! Freude klopft in meiner Brust!
Umfasse mich! – Hinunter zu der Hölle – dann
Zurück zu der Gestirne Höhen! – Hat
Die Tiefe festen Grund, so soll mein Fuß
Ihn treten, hat die Höhe freie Aussicht,
So soll mein Auge darin schwelgen!

Der Ritter. Recht!
Nur fürcht ich, daß dein Fuß am Grund
Der Tiefe *schwankt,* und daß dein Auge, bei
Der Aussicht von der Höhe, *schwindelt.*

Faust. Wer war es, der die Pulse der Natur
Erst eben noch mir zeigen wollte?

Der Ritter. Doktor,
Ich war es! Doch bedenke, Menschlein, – nur
In Übergängen wirds dir ungefährlich,
Den Anblick der entschleierten Natur
Zu tragen. Wenn du da, wo im Gewühl
Die Sonnen fliegen, die Kometen lodern,
*Milchstraßen* gleich *Heerstraßen* hin zum Thron

Der Geisterfürsten flammen, plötzlich einsam
Wirst wandeln, wird es, mit Vergunst zu sagen,
Dir ohngefähr ergehen, wie der Katze
Im Regenwetter. Ängstlich wirst du laufen,
Mit trockner Pfote Obdach zu erreichen!
Du wirst mir leid tun.

Faust. Durch den Staub der Bücher
Bin ich gekrochen, und bin nicht erstickt –
*Frei atm ich in der Glut des Firmaments!*
– Dein Mitleid spar – ich mags nicht – hab ich Leid,
So solls mein *eignes* sein – ein *fremdes* würd
Es nur *verdoppeln*, Ritter!

Der Ritter. Kräftig
Gesagt! – So faß mich! – Schau, mein Mantel weht
Um dich gleich einem Rabenfittig – Treu
Wird er uns in der Schwebe halten – Erde
Zur Seite! – Horch, es nahen Tritte – Erst
Hinunter, dann hinauf, wie du geboten!

*(Er versinkt mit Faust. Der Gouverneur, Don Octavio und Diener treten ein.)*

Der Gouverneur.
Das ist des Zauberers Gemach. – Ha, welch
Ein Dampf! Ein Dämon muß es sein, der hier
Geatmet hat!

Don Octavio. Wie Pesthauch qualmts!

Der Gouverneur. Faust ist
Verschwunden. – Hat das Zimmer einen Ausgang?

Don Octavio.
Ich sehe nur die Tür, durch die wir kamen.

Der Gouverneur. So fuhr er zu der Hölle!

Don Octavio. Vater, bleich
Und bleicher werdet Ihr!

Der Gouverneur. Auch du erbleichst!

Don Octavio. Hier ist nicht gut sein – Fort!
*(Während er den Gouverneur wegführt, wendet er sich noch einmal um zu den Dienern.)*
Die Fenster öffnet! –
– – Beinahe glaub ich selbst an Zauberei.

*(Alle ab.)*

## ZWEITER AKT

### ERSTE SZENE

*Rom. Garten des Gouverneurs.*

*Don Juan und Leporello treten auf.*

Leporello.
Ach, Herr, schon ist es vier Uhr nachmittags,
Und immer kommt sie nicht. Es wäre besser,
Wir gingen heim, und schliefen aus vom Spiel
Und Schwelgen der verflossnen Nacht.

Don Juan. Ausschlafen?
Ha, siehst du diesen Garten, diesen Himmel?
Wie dunkelblau der Äther, und wie hell
Die Sonne, gleich dem Diamant im Finstern!
Kein Wölkchen zu erblicken! – Ach, wie herrlich –
Trauriges Auge, das hier schlummern kann –
Ein umgestürzter Becher voller Lust und Kraft
Umwölbt der Himmel uns, berauschend uns
Und die Natur. Wie rot und trunken brennen
An dem Gebirg die Trauben!

Leporello. Und wie zierlich funkeln
Der Winzerinnen Backen zwischen durch!
Der netten Winzerinnen, hochgeschürzt,
Die Waden prall, den Fuß so fein und flink –
– Das Wasser läuft mir in den Mund. –

Don Juan. Der Tag
Ist wundervoll – selbst die Ruinen strahlen
In seinem Schimmer wie verklärte Geister –
Solch einen Herbst trifft man in Rom nur an –
In Siegeskleidung, ähnlich römischen
Altvordern, hüllt sich das Gefild, bevor
Es hinstirbt. – Wie ein goldner Rahmen, der
Das schönste Bildnis, Donna Anna, soll
Empfangen, liegt da die Natur.

Leporello. Sie kommt!
Sie kommt! Ein weißes Damenkleid blinkt durch
Das Grün des Parkes – O Lisette! die

Lisette ist nicht bei ihr! Desto sichrer
Treff ich sie in der Kammer, und
Vorsichtge Liebe liebt verschloßne Türen.

Don Juan.
Sie kommt! sie naht! Was rauscht am schönsten?

Leporello. Geld
Im Beutel!

Don Juan. Das Gewand der Geliebten!

Leporello. Freilich
So lang als Ihrs noch nicht – Ihr laset noch
Kein Buch zum zweiten Mal.

Don Juan. Mach fort! da ist Sie! Sie!

Leporello.
Das arme Mädchen, wenns sich läßt betrügen!

Don Juan. Ich liebe sie!

Leporello. Ihr lieben? – Nun, dann sagt doch:
Wer ist es, der Kalbsbraten, Mädchen, Wein,
Und Tanz, und alles was gut schmeckt, gut
Aussieht, so liebt, daß er bei dem *einen*
Das *andre* gleich vergißt, zum Beispiel bei
Dem Duft des Bratens der Geliebten kaum
Noch denkt? – Fragt die Studenten Salamancas,
Ob sich ein Liebender *so* aufführt – Mir
Hat Euer junger Vetter, Sennor Pedro,
Einstmals gesagt: Ihr *liebtet* nie, Ihr kenntet
*Genuß* und *Phantasie* nur!

Don Juan. Was?
Nur Phantasie wär meine Liebe?

Leporello. So
Sagt Euer Vetter!

Don Juan. So ist Phantasie
Tausendmal besser als die Wirklichkeit! –
– Jetzt geh fort!

*(Leporello entfernt sich, Donna Anna kommt, ohne Don Juan zu bemerken; er tritt auf die Seite.)*

Donna Anna. Glänzend, augenblendend
Der Tag – so trüb der Busen – – Nah die Hochzeit,
So fern die Seligkeit – Mich faßt ein Schwindel,
Wenn ich, den heitren Brautkranz in den Locken,
Zufällig im kristallnen Bach mein Bild

Erblicke – Grünt der Kranz noch lange fort,
So sind es meine Tränen, die ihn frisch
Erhalten! – Weh, ich weiß, was meine Seel umdüstert!
Noch gestern nacht hört ich sein Schwert erklingen
Und seine Stimme tönen. – Und sei Er der Gott
Der Hölle, dir Octavio bleib ich treu!
Du hast mein Wort! Dich will, dich muß ich lieben,
Und sollt ichs dadurch lernen, daß ich mir
Das Herz zerbräche – Liebe weniger
Als Ehre! –
Ach, wie müd bin ich! Das Rauschen
Der Hochzeit, ihre weißen Prachtgewänder,
Wie donnerlaute weiße Wetterwolken,
Die gegen Mittag an dem Horizont
Aufsteigen, um sich abends zu entladen,
Schwebt das mir vor – ich bin erschöpft, wie vorm
Gewitter – könnt ich schlummern und mein Auge
Zuschließen! – Ach es *lächelt* doch nicht wieder! –
*(Sie setzt sich auf eine Rasenbank, wie zum Schlummer.)*

Don Juan. – Was hört ich? Lieb' zeugt Liebe! Und tut sie's
Auch nicht, so wüßt ich noch ein sichrers Mittel:
*Verachtung!* Denn Verachtung zu ertragen,
Dazu ists Weib zu eitel – – Ha, sie liebt mich!
Nur Tugend, Treu, schützt sie entgegen. – Was
Ist Eisen im Schmelzofen, und was ist Tugend
Bei dem Verliebtsein? Tugend wirft man schon
Zu Boden, wagt man mutig nur den Angriff –
Bei Weibern gar ist sie nur eine Art
Koketterie, die unsren Sieg versüßt.
Der Unschuld Bestes ist, sie zu verlieren.
'ne Art Instinkt lehrt das die Damen, – auch
Die Donna Anna fühlt davon ein bißchen!
*(Er tritt zur Donna Anna.)*
Erwache, Holde!

Donna Anna *(aus ihrem Schlummer aufblickend).*
O Madonna! – Er! – Er selbst! –
Fort Frevler! Warum willst du mich umgarnen?
He, Diener! Diener!

Don Juan. Deine Diener sind
Nicht nah! – Verzeih, zum Schlummer senkte sich

Dein Augenlid – Ich konnts nicht tragen – Denn
Wenn du dein Auge schließest, so ists Nacht
Um mich!

Donna Anna. Hinweg! Du schreckest mich!

Don Juan. Nur wo
Du atmest, leb ich. In die Wüste stöß'st
Du mich, wenn du mich von dir weisest.

Donna Anna. Ha,
Betrüger!

Don Juan. Weder Gott, noch alle Hölle
Vertreiben mich von dieser selgen Stelle!

Donna Anna. Octavio! Octavio!

Don Juan. Der Zierling!
Bei meinem Arm, ich töte ihn, weil du
An ihn gedacht!

Donna Anna. Abscheulicher! Verwegener!

Don Juan.
Er preise sich! Denn daß *dein* Mund ihn nannte,
Die schönste Grabschrift ists, die einem Mann
Je ward!

Donna Anna.
Des Lichtes Engel, werdet ihr
Auch ungetreu? Und rafft der Stürme Tosen
Gleich Wolkenbildern euch dahin? Ich weine,
Ich lächle – hasse ihn, ja hasse dich mit Recht!

Don Juan. Mich hassen? – Mich, der darin einzig sündigt,
Daß er von deiner Schönheit Strahl getroffen,
Ein Aar, der freien Flugs im Äther schwebte,
Geblendet nun zu deinen Füßen stürzt?
– – Doch *hasse* nur, denn auch der Haß wird lieblich,
Wenn es der *deine* ist!

Donna Anna. Zurück! Du trügst
Mich nicht! Nicht Liebe, – Abgrundsflamme ists,
Die in dem Aug dir lodert – Sie versengt
Mein Herz – Doch – Weh mir! – brenn es auch zu Asche,
Ein Opfer sei's, das ich der Lieb und Treue bringe –
– Nehmts gnädig auf, ihr guten Genien!

Don Juan. Du hättest je Octavio geliebt?

Donna Anna.
Wer gibt dir Recht, mich darum zu befragen?

Don Juan.
Unselge, dich willst du und mich vernichten –
Den Schein bewahren, und der Wahrheit widerstehn –
Mein Tod ists und der deinige! Dein Wort
Hast du Octavio gegeben – Soll
Das Wort, soll dieses Eis, womit
Du deine Freiheit fesseltest, als noch
Der Liebe Feuer dir nicht glänzte, dich
Auch jetzt noch binden, da der Lebensfrühling
Mit seiner jungen Sonne zauberkräftig
Hoch über unsre Häupter tritt? – Wie der
Gebirgswald, wenn der Wind des Sommermorgens
Wollüstig sich in seinen Wipfeln schaukelt,
Mit allen seinen Blättern aufrauscht, selbst
Den tiefversteckteston, und wie in ihm
Die Vögel dann, des Tages Strahl begrüßend,
Mit tausendfältigem Gesang erwachen,
So regt ein *neues Dasein* unsre Pulse!
– Ich flehe dich, ich fasse deine Hand,
Sprich Leben oder Tod, mit einem Wort,
Mit einer Silbe sags, ob du mich sterben sehn,
Ob du mich lieben willst?

Donna Anna. Ich liebe dich,
Und damit lebe wohl! Nie, Furchtbarer,
Werd ich die Deinige!

Don Juan. *Du liebst mich?* Schau,
In lichter Glut flammt meines Lebens Nacht
Empor, berührt vom ersten Strahl des Morgens!
Die Sterne all, die früher einzeln mir
Geleuchtet, schwinden hin vor dieser Pracht!

Donna Anna.
Ach, nicht des Morgens freundlich Licht, nein, es
Sind Blitze, die blutroten Flügelschlags
Zerschmetternd und enteilend, diese Stunde,
So schwül wie keine, uns erhellen.

Don Juan. Senk nicht
Dein Haupt und fürcht dich nicht vor Blitzen!
Die Liebe macht dich *herrlich* und nicht *schuldig*:
In *kaiserlich* Gewand, in *Purpur* hüllt
Sie deine Wange!

Donna Anna. Don Juan, ich wollt,
Daß ich im tiefsten Grabe ruhte!
Don Juan. Geliebte, weine nicht; voll Wollust küß
Ich sonst der Tränen diamantenes
Geschmeide auf, und glaube mir, daß sie
Als echte Edelsteine mir das Herz
Zerschneiden würden!
*(Er will sie umarmen.)*
Donna Anna. Wag es nicht, mich zu berühren –
Bei Gott, *du* stürbest oder *ich*. Der Liebe
Kann ich nicht wehren, doch die *Ehre* rett ich!
Don Juan. Entfliehe nicht. Wohin du fliehst, da folg
Ich als Besiegter.
Donna Anna. Nicht das Schiff flieht bänger
Vorm Hauch des Sturms dahin, als ich vor dir!
Don Juan. Bin ich ein Sturm? – O lächle, lächle nur
Einmal, und wie du lächelst, wird das Meer,
Das meine Brust durchtobt, sich ebnen, um
Dein Lächeln nachzuspiegeln, – wird die Wolke,
Die meine Stirn umdüstert, fortfliehn wie
Ein schwerer Traum beim seligen Erwachen!
Donna Anna.
O könnt ich diesen Traum doch nur weglächeln!
Don Juan. Jetzt erst begreif ich, was der *Tod* ist –
Er schließt das Leben, öffnet den Olymp!
Bei deinem freudgen Blick, dem *Todesengel,*
*Erstirbt* vor Schmach und Alter das Vergangene,
Und tritt an dessen Stell ein *neues Eden.*
Wer dir ins Auge sieht, der trinkt vom Lethe!
Donna Anna.
Verführer! Höchster Schmerz und höchstes Glück
Umarmen sich, wenn ich dich seh, dich höre!
Don Juan.
Seit Anbeginn der Welt sind Leid und Freud
In Wort und Tat vermählt – Die treuste Ehe,
Die je gewesen. Darum zag nicht –
Donna Anna. Heil!
Da naht Octavio!
Don Juan *(für sich).* Verflucht, ich war
Im besten Zuge. Meinem Mund entströmten

Die Bilder dutzendweise. – *(Laut.)*
Fräulein, Gott
Befohlen – Jener Don erregt mir Brustkrampf.
– Wir sehn uns wieder.

Donna Anna. Nimmer!

Don Juan. Doch! Gewiß!
*(Für sich.)* Der Herr Octavio hat mich nicht gewahrt –
Er kommt langsamen bürgerlichen Schrittes.
Zur Seite tret ich in dies Lustgebüsch
Und lausche auf die hübschen Redensarten,
Mit denen er sich expliziert. Man kann
Von derlei Schuften lernen, – sie besitzen
Gefühl – das heißt, statt Phantasie und Geist
Genug zu haben, mit der Leidenschaft
Zu spielen, und mit ihr als goldnem Kranz
Des Lebens Horizont zu schmücken, lassen
Sie sich von ihr durchpeinigen, schrein laut
Vor Schmerzen, und verkaufen diese Ware
Für freie und selbstständige Empfindung.
Und doch – die Weiber sind so dumm – nur Dummheit
Kann sie besiegen – Mit den Wölfen heulen,
Und bei den Weibern frömmeln, tanzen, lügen!
*(Er tritt in das Gebüsch zur Seite, bleibt jedoch dem Zuschauer sichtbar.)*

Donna Anna. Er naht! Octavio! Er, dem ich
Mich weihte, und dem ich bleiben will, weil ich
Mich ihm geweiht. – Soll ichs ihm sagen,
Daß Don Juan mich liebt? – Nein, nein, der Schläfer
Soll nicht erfahren, welche Wolk ihm über
Das Antlitz wegzog – Mut, Mut, arme Anna!
*Die Tochter des Don Gusman* darf den Tod
Nicht fürchten, und noch weniger ihr Herz –
Die Treu ist ewig, Liebe ist vergänglich –
Das *Ewge* siege!

Don Octavio *(tritt auf. Zu Donna Anna).*
Er ist da, der Tag
Der Feier, der den Jugendtraum erfüllt.

Donna Anna. Den Jugendtraum!

Don Octavio. Geschmückt zum Hochzeitsreihen,
Stehst du geschmückt für mich!

Donna Anna. Für dich geschmückt!
Don Juan *(für sich).*
Das Echo klingt verdächtig: es verändert
Die Worte!
Don Octavio. Grün, wie Hoffnungsschimmer, glänzt
Der Kranz durch deiner Locken Dunkel – Selig,
Wer solchen Schimmer sieht in solchem Dunkel!
Don Juan. Wie lange will es dauern bis der Sennor
Von Mantel und Barett, von Geld und Gütern,
Von Kinderzeugung und Erziehung redet? –
Der wird die Püppchen, die Octaviöchen,
Die schrei'nden Zeugen seiner keuschen Glut,
Empfindsam auf den Armen wiegen. – Welch
Erbärmliches Geschmeiß!
Don Octavio. Schon als ein Knabe
Verehrt ich dich als Götterbild – wie stahl
Ich mich in deine Nähe – doch so nah
Ich kam, selbst wenn du freundlich mich begrüßtest,
Du bliebst für mich (so schien es mir) ein schöner,
Doch *ferner, ferner* Stern! Nicht denken konnt ich,
Daß *überirdsches* Glück, wie deine Stimme,
Dein Anblick es mir boten, hätte *nah*
Sein können!
Don Juan *(für sich).*
Macht der Hochzeit! Macht des Weins!
Ich schwörs, weil Hochzeit ist, hat sich der trockne
Herr Bräutigam etwas herausgenommen, drei
Glas Wein getrunken, und sieh da, er wird
Poetisch vor der Ehe!
Don Octavio. Jede Hoffnung
Und jedes Sehnen ist erfüllt – Es strahlt
Um mich des Daseins Fülle –
Don Juan *(für sich).* Mich! Ich! Sich! – Der Selbstling!
Don Octavio. *Nicht selger kann ich werden als ich jetzt*
*Es bin!*
Don Juan *(für sich).* So ist es Zeit, du *stirbst* heut abend!
Donna Anna. Octavio, ich bin die Deine. Nimm die Hand
Und führ mich zum Altar.
Don Octavio. Ich führ dich hin, doch erst
Laß uns des Vaters Segen holen.

Don Juan *(für sich).* Bravo!
Nichts vom alten Schlendrian versäumt:
Des Vaters Segen hilft zur Liebe just
So viel, als Katzen bei dem Fischfang!
Don Octavio. Nach
Der Hochzeit, Teuerste –
Don Juan *(für sich).* Liebwerteste –
Don Octavio.
– Ziehn wir, so denk ich, nach der Heimat, – auch
Dein Vater wird uns gern begleiten –
Donna Anna. Nein,
Er dient dem Könige solang er atmet!
Don Octavio. Vielleicht bewegen ihn doch unsre Bitten!
Denn Ruh und Kinderlieb und überreiches
Auskommen, winken ihm auf unsren Gütern.
Donna Anna.
Auskommen! Daran denkt er nicht, und dessen
Hat er mehr als genug!
Don Octavio. O zürn nicht, Freundin –
Ich meint es gut.
Donna Anna. Dir sollt ich zürnen? *Muß*
Ich dich nicht lieben bis in Ewigkeit?
Don Octavio. Komm!
*Verdienen* will ich deine Liebe!
*(Don Octavio und Donna Anna ab.)*
Don Juan *(tritt wieder vor).* Der
Armselge! Geld, Heirat und Auskommen
Die Pole seines Lebens! Schade, daß
Maschinen fehlen, um im Ehebett,
Und in der Kirche, auf dem Ackerfeld
Und in der Küche, solches Volk ersetzen
Zu können! – – Herr Octavio *irrt* sich aber,
Wenn er heut nacht ins Brautbett wähnt zu steigen –
Denn mitten in der Hochzeitsfeier stürzt
Er blutend auf das Estrich, oder
Nicht heiß ich Don Juan!
Leporello *(kommt).* Herr, seid Ihr fertig?
Don Juan. Noch nicht. Wie stehts mit der Lisette?
Leporello. Herr,
Grad so, wie es mit Donna Anna stünde,

Wenn Ihr sie satt bekommen. – Laßt mich weg
Von Rom, denn in dreiviertel Jahr verklagt
Sie mich auf Heirat!

Don Juan. Heirat? – Weiß sie auch,
Daß du kein Graf bist?

Leporello. Pah! Graf oder keiner –
Ich bin ein schmucker Kerl, und das ist
Das mächt'gste Kaisertum bei Mädchen.

Don Juan. Noch
Heut abend ist die Hochzeit Donna Annas!

Leporello. Verflucht!

Don Juan. Bald zünden sie im Hochzeitssaal
Die Kerzen an, und jede Kerze schlägt
Als Blitzstrahl mir ins Auge!
– Octavio
Muß fallen!

Leporello. Und die Donna Anna muß
Erobert werden!

Don Juan. Du sollst dazu helfen.

Leporello.
Recht gern! wenn Ihr nur so wie früher wohl
Bei ähnlicher Gelegenheit, mich schirmt!

Don Juan. Darauf verlaß dich. – Hier ist Geld, und sorg
So klug nun als dir möglich. – Auf der Hochzeit,
Die gleich beginnt, zu der man mich geladen,
Reiz den Octavio zum Zorn, so daß
Er dich verletzt, und ich den Schein erhalte,
Mit Recht um deinethalb mit ihm in Streit
Zu kommen.

Leporello. Leicht gesagt und leicht getan! –
– Doch wenn er mir Ohrfeigen austeilt?

Don Juan. So
Geb ich für jede Ohrfeig dir vier Skudi!

Leporello. O hätt ich hunderttausend Ohrfeigen,
Ich hätt vierhunderttausend Skudi!

Don Juan. Sorg nun! *(Ab.)*

Leporello.
– Nicht leicht ist dieser Beutel – Erst die Hälfte
Für mich – – – Und mit dem Rest komm ich schon aus.
Denn meines Herren Degen, welcher den

Don Bräutigam durchbohren soll, versteh
Ich selbst zu schleifen; – dann fünf Teufelskerle,
Die bei dem Spaße Hand und Dienst uns leihen,
Find ich an jeder Ecke, und bezahl
Sie nur mit Groschen, – endlich noch
Sechs Pferde, die uns mit der Braut im Nu
Forttragen, *kauf* ich nicht, ich *miete* sie,
Das *Nachsehn* aber laß ich dem Vermieter. *(Ab.)*

*(Der Ritter und Faust treten auf.)*

Der Ritter. He, Meister, laßt auf diesem schönen Fleckchen
Uns ausruhn?

Faust. Knecht, wovon?

Der Ritter *(für sich)*. Er nennt mich Knecht!
Jahrhunderte soll er das büßen! *(Laut.)*
Von
Dem Glanze der Kometen, der Planeten,
Der dich geblendet, – von dem Dunkel
Des Abgrunds, welches dein Gesicht hat bleich
Gemacht! – Bist nun zufrieden, und begreifst
Du nun, was *Ich*, was Welt, was Gott *(wie ihr
Ihn heißt)* sind?

Faust. Schwächling, der du glaubst, daß *Massen*
Befriedigen mich möchten, – daß ich albern
Wie ein Eroberer oder Geizhals, *Größe*
Auf *Größe* häufen möchte, ewig *strebend*
Und nie am *Ende*! Ja, versagen mag
Dem Wanderer der Atem, wenn er da,
Wo heiß und gelb, wie Flugsand aus der Wüste,
Die Stern' im Weltsturm durcheinander jagen,
Dem wilden Schauspiel zusieht, – doch *dazu*
Bedarf es nicht des Firmamentes, denn
Sowohl in der Sahara als im Sumpf
Geht dir der Atem aus – Zeige mir
Den Abgrund, welchen ich nicht bodenloser,
Den Gipfel, den ich mir nicht schwindelnder,
Das Weltall, welches ich mir nicht
Unendlich größer denken könnte – Was
Bis jetzt ich von der Welt erkannte, hat
Mir nur bewiesen, daß es Größ und Kleinheit
Darin nicht gibt, – und daß die Milb so sonderbar

Erbaut ist, als der Elefant — Freund, nach
Der *Kraft* und ihrem *Zweck* hab ich geforscht,
Nicht nach der *Außenseite!*

Der Ritter. Und die Kraft,
Den Zweck begreifst du nicht, selbst wenn ich sie
Entzifferte.

Faust. Weshalb nicht?

Der Ritter. Weil *sie jenseits*
Der *Sprache* liegen. Nur was ihr in *Worte*
Könnt fassen, könnt ihr *denken.*

Faust. Wie? die Sprache
Wär größer als der Mensch?

Der Ritter. Sie ists!

Faust. Gefühl und Sehnsucht, alle die sprachlosen
Empfindungen, die gleich Gewitterschauern uns
Durchbeben – Was sind sie?

Der Ritter. Nur Nebel, Nebel!
Was sprachlos ist, ist ohne Sinn und Klarheit!

Faust. *So wär die ganze Menschheit nur Geschwätz!*
– Und warum fühl ich Durst, mehr zu erforschen,
Als mir die Sprache bieten kann?

Der Ritter. Weil du
Zu diesem Durst dich künstlich reizest. Machs
Wie Millionen deiner Brüder – schlaf,
Iß, trink und sei vergnügt.

Faust. – Ha – welcher *Schatten*
Durchzuckte plötzlich Höll und Himmel,
Als du in vollem Glanze sie mir zeigtest?
Als er hereinbrach, standen Engel, Teufel,
Gott und du selbst erstarrt wie *Wachsfiguren* –

Der Ritter *(zitternd und verwirrt).*
Ein *Schatten* – Nun, ich glaube – dieser Schatten
(Vielleicht auch nur ein allzuhelles *Licht)*
Hat oftmals manchen Geist entsetzt – Ich kenn
Ihn nicht – Es scheint, als fiel er in die Welt
Von *außen.* –

Faust. Wie?

Der Ritter. Ja, denn nur *die* Welt, *den* Teufel,
*Den* Gott, den du *begreifen* kannst, begreifst,
Erblickst du!

Faust. Lügner und Verräter! Wo
Sind sie, die tiefsten Pulse der Natur,
Die du zu zeigen mir gelobt?
Der Ritter. Sie schlagen
In jedem Grashalm unter deinen Füßen!
Faust. Du Schattenbild! Erbärmlicher –
Der Ritter *(für sich).* Er schimpft!
Er schimpft, der Wurm! O wie ein Meer von Gift
Gärts in mir auf!
Faust. Ich spürs – ein Teufel weiß
Nicht mehr als wie ein Mensch.
Der Ritter. Narr, der zum Satan
Hinflüchtet, ruhig (oder wie ihrs nennt)
Zu werden. Alle Hölle jauchzt' empor,
Als sie dich rufen hörte. Wollt ihr Glück
Und Seligkeit verdienen, so erhebt
Euch erst zu dem Gigantengeiste, der
Inmitten tausendjährger Flammen, die
Vergeblich ihre Zungen an ihm stumpfen,
Inmitten aller Zweifel, die wie Stürme,
Gefühl und Denken aus den Wurzeln reißen,
Inmitten seines Sturzes von des Himmels Höhen,
An nichts verzagt, sich auf sich selbst verläßt,
*Und ewig haßt und kämpft in Siegeshoffnung!*
Faust. Der Geist, der statt die Zweifel *aufzulösen,*
In sie sich *fügt,* und statt die Ursache
Der *Liebe* zu ergründen, sich begnügt
Mit *Haß* – das ist ein Geist, der Bären ziert,
Doch keinen Menschen oder Engel. Freund,
Ich habe mich in dir verrechnet!
Der Ritter *(für sich).* Glaubs gern!
Faust. Zu großen Zwecken kann ich dich nicht brauchen,
Doch da wir einmal wechselseitig sind
Verschrieben, werde ich, solang du *mein,*
Als *Knecht* zur Arbeit dich benutzen, und
Mit deinen *Kunststücken* sollst du mir doch
In etwas dienen!
Der Ritter. Herr, ich bin Euch ganz
Ergeben – Schade nur, daß Ihr ein Mensch seid –
Es liegt ein echter Gott in Eurem Wesen –

Weh tuts mir sehr, daß ich zu klein, Eur Sehnen
Zu stillen. –
Doch das Gleiche liebt das Gleiche!
Wen Sonnen blenden, der vergafft sich leichter
In Mädchenaugen!
– Seht den Spiegel hier!
Was sagt Ihr zu dem Weibsgesicht, das draus
Hervorstrahlt?

Faust. Weibsgesicht – Ich hab 'ne Frau!

Der Ritter. Was liegt an der auch!

Faust. Ich bin satt
Der Weiber!

Der Ritter. Ha! Meinst du es so? Hast *nie*
Geliebt?

Faust. Geküßt hab ich, gehofft, gesehnt, –
Doch *wenig* ist die Welt und *groß* die Sehnsucht.
Wie konnt ich *Mädchen* lieben, eh die *Gottheit*
Mir klar war?

Der Ritter. O ganz leicht! Beim schönen Werk
Vergißt man oft die Häßlichkeit des Meisters,
Beim Weibe oft die Gottheit und den Teufel.
– Denk nicht, daß du auf deiner Lebensreise,
Die heiße Zone, wo der Himmel brennt
Der Liebe, würdest frei umschiffen können.
Dein Geist mag schwelgen oder darben wollen,
Du magst zum fruchtbarn Tal des Herbstes, oder
Zum Eisgebirg des Winters steuern, –
Der ersten Liebe Sommer mußt du erst
Durchkreuzen – Und mir deucht, daß du ihm jetzt,
Wo jeder Halt dir fehlt, ein neuer Halt
Dir nötig ist, sehr nahe seist!
*(Dem Faust ein Bildnis vorhaltend.)*
Schau, Mann,
Die Männin!
*(Für sich.)* Ha, ihr Höllenfeuer alle,
Versammelt euch in des Gemäldes Raum,
Umfunkelt mir das Abbild Donna Annas,
Verblendet den hochweisen Doktor!

Faust *(das Bildnis betrachtend).* Schön –
Sehr schön – noch nie sah ich so Herrliches – –

– Wie bricht die Stirn aus dieser Locken Dunkel –
So bricht der Gott der Sonne aus der Nacht!
– Ich weiß, dies alles ist ein Höllentrug!
Ich seh die Funken um das Antlitz sprühen –
Doch sei's ein Trug – der Trug ist mehr wert als
Die Wahrheit, als zu wissen, daß man *nichts* weiß!

Der Ritter.
Der Donna Anna treues Bild erblickst du!

Faust. Ich blick und blicke – zu 'nem *Kinde* werd
Ich wieder – Eine Heimat, die ich nie geschaut,
Umlächelt mich – *Gibts andre Heimaten*
*Als das Geburtsland?* – Dieses Auges *Braun*
Kommt über mich wie *Abenddämmerung* –
Der Tag erbleicht davor, doch Sterne, zahllos,
Entsteigen, selbst die Finsternis *verklärend*,
Dem Abgrund – Ach, des Himmels Gründe,
Sandbänke sind sie gegen dieses Auges Tiefen!

Der Ritter *(für sich)*.
Nun karessiert der Entrich seine Ente,
Vergißt Philosophie, Mathematik,
Astronomie!

Faust. Es ist 'ne Albernheit,
Daß mich ein Bildnis so entzückt – Nicht Grund
Seh ich dazu – und doch bin ich entzückt!

Der Ritter. Der Tor!
Auch in der Liebe spürt er nach dem Grunde –
Je grundloser je tiefer!

Faust. Irr ich mich oder
Hast du mir nicht gesagt, dies sei
Der Donna Anna Bildnis?

Der Ritter. Ja, das ist es.

Faust. So führ mich zu ihr, – sehen, sprechen will
Ich sie.

Der Ritter. Ihr Vater ists, der dich verfolgt!

Faust. Du nennst mich Graf von Mezzocampi,
Verjüngst mein Angesicht durch Zauberkunst.

Der Ritter.
Ich bin dein Sklav. – Doch weißt du, daß die Donna
Heut abend sich dem Herrn Octavio
Vermählt?

Faust. Vermählt?
Der Ritter. So ists –
Horch! da rauscht
Schon tobende Musik zum Hochzeittanze!
Faust.
Musik! Musik! Sie jubeln und mich faßt der Schmerz! –
– Doch wie ein Donner in den Sommertag
Fall ich in dieses Fest! – *Mir dient die Hölle*
*Und mit ihr stürm ich mir den Himmel!*
Der Ritter. Don
Juan wird dir dein Werk verderben: Herrn
Octavio will er würgen und dabei
Die Donna Anna sich gewinnen.
Faust. Den
Octavio erwürgen? Mag ers tun! Da
Arbeitet er für mich, – denn wenn er den
Herrn Bräutigam erschlagen hat, und denkt
Der Braut sich zu bemächtigen, so klopf
Ich auf die Schulter ihm, stürz ihn zu Boden,
Und nehm die Braut!
Der Ritter. Das alles kannst du tun
Durch meine Kraft.
Faust. Durch deine Kraft? Wie meinst
Du das? Das Schwert will etwa mehr sein
Als der, *ders trägt*?
Der Ritter *(für sich)*. Der Eitle!
Faust. Zeig mir Anna –
In diesem Augenblick: – denn die Sekunden
Tropfen aufs Haupt mir, wie geschmolzen Blei.
– Laß mich sie sehen!
Der Ritter. Riechen – fühlen – Komm!
*(Mit Faust ab.)*

ZWEITE SZENE

*Rom. Saal im Hause des Gouverneurs, mit der Perspektive auf mehrere andere festlich erleuchtete Säle, in denen große Gesellschaft und Tanz ist. Musik.*

*Signor Rubio und Signor Negro kommen.*

Signor Rubio. Wie man zu sagen pflegt, gibt sich der Gouverneur viel Mühe, seiner Tochter Hochzeit glänzend zu machen.

Signor Negro. Er ist ein Narr, wie die Spanier alle. Nichts, gar nichts ist mit ihm zu beginnen. Drück ich seine Hand, so drück ich seine Ehre. Ehre! Ehre! ist das erste, zweite, dritte und letzte Wort bei ihm. Er hat sie nötig, wir Römer haben von ihr Vorrat genug geerbt.

Signor Rubio. Ja, wir sind Römer und Christen dazu, wie man zu sagen pflegt.

Signor Negro. Hört, die Ballmusik, wie bestialisch, wie spanisch! – Wie schleppend! wie matt! – Kein Leben, kein Feuer, nichts Göttliches, keine Figur, keine Melodie! – Zwei Gläser Punsch!

Signor Rubio. Verschont mich, Signor, – ich bin, wie man zu sagen pflegt, schon etwas benebelt.

Signor Negro. Benebelt? Ihr? Hilf Himmel! Seid Ihr nicht Polizeidirektor? Wer soll hier am Ende Ordnung halten, wenn Ihr trunken seid?

Signor Rubio. Ach – Ordnung! Ist die Ordnung einmal da, so wird sie sich von selbst halten. Schlechte Ordnung sonst. Ihr kennt meine Polizei noch nicht. – Selbst in der Betrunkenheit bleibt sie möglichst nüchtern – Seht, auf *einem* Beine kann ich nicht mehr stehn.

Signor Negro. Jesus Christus, Herr Polizeidirektor, nehmt Vernunft an, macht keine Kunststücke, und freut Euch, wenn Ihr Euch auf *beiden* Beinen erhalten könnt.

Signor Rubio. Was? soll ich *doppelt* umfallen? Jeder Fuß ist betrunken, und steh ich auf zwei Füßen, so fiele ich auch *zweimal* um. Man wird sich hüten!

Signor Negro. Trinkt Tee – eßt Eis –

Signor Rubio. Noch ist die Braut nicht da, und der Ball hat erst eben angefangen – Herr, was soll aus uns werden, wenn der Ball zu Ende ist? – Ei, wie sie tanzen – um, um, – rundum – didelum – sie strecken die Beine zu gleicher Zeit nach Morgen und Abend, – 's macht wirblig – Und wie sie sich drehen, – dreht euch zum Henker, mir wirds zu kraus. *(Er wirft sich in einen Sessel.)*

Signor Negro. Der Saufaus! Er schläft! Und ist Polizeidirektor! – O wär ich Er! – He, Diener, tragt ihn ins Bett!

Signor Rubio. Ins Bett? Warum? Noch bin ich ganz *nüchtern*, wie man zu sagen pflegt. *(Er wird weggetragen.)*

Signor Negro *(nachdem er in die Tanzsäle gesehen).*
– Wo bleibt die Braut? Nicht richtig ist es hier!
*(Don Juan und Leporello treten ein.)*
Wer sind denn die? Der große ist der Herr,
Der ausgedörrte, magere, der Knecht –
Und wieder Spanier – *(Den Don Juan betrachtend.)*
Am wilden Blick,
Und an der Nas, krumm wie ein Adlerschnabel,
Spür ich den *Don*!

Don Juan *(zu Leporello).*
Erst Wein, dann Tanz, dann Mord!

Leporello. So sei's! Das wird ein wüster Abend!

Don Juan. Sind
Die Braut, Octavio, schon da?

Leporello. Noch nicht!

Don Juan. Nun, Wein!

Leporello *(holt aus dem nebenan befindlichen Büfett mehrere Flaschen).*
Rheinwein, Burgunder und Champagner!

Don Juan. Hinweg damit – da kommt die Donna!

*(Der Gouverneur, Donna Anna und Don Octavio treten ein.)*

Der Gouverneur. Am Altar
Seid ihr durch Priesterhand vereint – So bleibt
Euch treu bis in den Tod!

Don Juan *(für sich).* 'ne kurze Treue!
Denn für den baldgen Tod will ich schon sorgen.

Der Gouverneur.
Fahr wohl, o Tochter, lebe glücklich! Du
Bist jetzt nicht mehr die meine.

Donna Anna. Vater, Vater,
Du weinst?

Der Gouverneur.
Wer weinte nicht, wenn er sein Kind
Beglückt sieht? – – Doch auch du bist finster?
Donna Anna. Macht
Denn großes Glück nicht immer finster? – *(Für sich.)*
Ach
Ich Heuchlerin!
Don Octavio. Zu groß ist stumme Freude –
Laßt sie uns dämpfen mit Musik und Tanz!
Donna Anna.
*(erblickt zusammenschreckend den Don Juan).*
Ja, Tanz! Musik! Mein Herr und mein Gemahl,
Mit Euch eröffne ich den neuen Reigen.
Don Octavio. Du Teure! komm!
Don Juan *(für sich).* Er tanzt wie ein Tanzmeister,
Und nicht als der Gemahl des schönsten Mädchens! –
Signor Negro *(zum Gouverneur).*
– Mein Herr, ich gratulier Euch, Eure Tochter
Ist eine Göttin, Don Octavio ein Gott!
Der Gouverneur. Ich dank in beider Namen.
Signor Negro. Nie erblickte
Die Sonne etwas Ähnliches.
Der Gouverneur. Ihr schmeichelt.
Signor Negro.
Wer sieht das Paar dort tanzen, und kann schmeicheln?
Hinter der Wahrheit bleibt er, macht er auch
Die größten Worte!
Der Gouverneur. Kommt mit in den Saal.
*(Der Gouverneur und Signor Negro gehen nach den Tanzsälen.)*
Don Juan. Sie hat mich bemerkt:
Sie zittert, und sie tanzt vor Schrecken. Wo
Ich *schrecke*, da *erobr* ich Liebe – – Wie
Ein Engel schwebt sie auf der Woge der
Musik, ein *Blitz* der Schönheit zuckt sie durch
Die Tanzreihn, bald vertauchend, bald verschwindend,
Und meines Herzens Schläge sind die *Donner*,
Die sie begleiten! –
Leporello. Ists Euch nun gelegen,
Daß ich mit Don Octavio anbinde?

Don Juan.
Noch nicht! Erst mach ich ein paar Tänze mit,
Doch *gleich nachher*!

Leporello. Wie Ihr wünscht. – Wir können
Losbrechen, wann Ihr wollt – denn Pferd' und Wagen
Und Helfershelfer stehn bereit.

Don Juan. Gut das! –

*(Geht fort und mischt sich unter die Tanzenden. Leporello tritt beiseite. Der Ritter und Faust, letzterer verjüngten Gesichtes und in prächtiger Kleidung, treten auf.)*

Der Ritter.
Nicht Einer wird dich jetzt als Faust erkennen.
Du warst von je ein kräftger Mann – doch jetzt –
Ganz unvergleichlich, – infernalische
Schwermut umzuckt dir Antlitz und Gestalt –
Da stehst du, wie die Tann, *in* der
Es lodert, und *um* die es brennt – Glaubs sicher,
Mit solchem Feuer von Empfindsamkeit
Und Wissenschaft, von Winters Ofenglut
Und Sommers Hitze, wirst du jedes Weib
Zu deinen Füßen sehn, besonders da
Du wie Apollo in den Muskeln blühst
Und glühest! – Schau, sie blicken schon nach dir –
Nur Donna Anna nicht – bei der hälts schwer –
Sie ist die echte Tochter des Don Gusman! –

Faust *(der kaum auf die Worte des Ritters gehört hat, im Anschaun des Tanzes).*
Ein Hochzeitsball! Wie festlich glänzt der Saal,
Und wie den Lenz die Blüten, füllen ihn
Die Damen!

Der Ritter. Ja, mein Doktor, abends auf
Den Bällen, auf Hochzeits- und Siegesfesten,
Da ist es, wo die Menschheit glänzt – *beim Schein
Der Lampen oder der Raketen!*

Faust. Freude
Wohnt auf den Wangen, und in ihrer Glut
Erwachsen zarte Rosen augenblicklich!

Der Ritter.
Die heißen Rosen auf der Weiber Wangen
Gehören *Mir*! Das sind der Hölle *feinste*

Und *schlimmste* Flammen – Keine Brust so tief,
In die sie nicht zu dringen wüßten!

Faust. Schau!
Und da ist Sie! Stell mich ihr vor!

Der Ritter. Es ist
Just Zeit dazu, – der Tanz scheint zu pausieren.

*(Er tritt mit Faust in den Ballsaal. Der Gouverneur, Signor Negro und andere stürzen heraus in den Vordergrund.)*

Der Gouverneur.
Ha, was ist da geschehn?

Erster Herr. Ein Schrecken zuckt
Durch die Versammlung!

Zweiter Herr. Und die Herzen kehren
Sich um!

Der Gouverneur *(zu einem Diener).*
Was gibt es in der Stadt? Ist Feuer?
Ist Aufruhr?

Der Diener. Herr, die Stadt ist ruhiger
Als je – Nichts Neues ist drin vorgefallen.

Der Gouverneur.
So hat ein blinder Schrecken sich um uns
Verbreitet.

Signor Negro. Schwerlich das, Herr Gouverneur.
Ich schwöre, jenes leichenähnliche Gesicht,
Das eben in den Saal trat, erregte dies
Entsetzen.

Der Gouverneur.
Jener Ritter, der den Grafen
Von Mezzocampi meiner Tochter vorstellt?

Signor Negro.
Den Unhold mein ich – Und der wilde Graf,
Der mit dem Angesicht, in dem es brennt und zuckt,
Als wären Flammen alle seine Mienen,
Zur Seit ihm steht, scheint wahrlich auch etwas
Von *Höllenschönheit* an der Stirn zu tragen! –

Der Gouverneur.
So wäre alles denn ein läppsches Schrecknis! Schaut:
Mit beiden Leuten redet meine Tochter
Besonnener als wir! Was sagt denn auch
Ein böses oder furchtbar wildes Antlitz?

Nicht heuchelt es, wie manches zartre tut!
Ihr Herren, laßt das Fest uns wieder neu
Beginnen.

Signor Negro *(halb für sich).*
Hm, ganz richtig ist es doch nicht!
Das war nicht Schreck allein vor furchtbar wilden
Gesichtern – Gott weiß, was mich überfiel,
Als ich den totenköpfigen Kavalier
Und seinen funkensprühenden Gefährten
Erblickte

*(Sie gehen alle wieder in die Tanzsäle – Faust und der Ritter kommen daraus zurück.)*

Faust. Nein, unmöglich ists, daß ich,
Der *Faust*, dem alle Welt zu eng gewesen,
In einem Augenblick im kleinen Raum
Von eines Mädchens Antlitz, im Gelispel
Von ein paar Mädchenlippen mich verliere!
Und doch, so ists!

Der Ritter. Hab ichs nicht prophezeit?
Die Pflanze, die vom Boden sich empor
Will schwingen, muß mit Kot gedüngt erst sein,
Bevor sie frei kann wurzeln und aufschießen.
Der Kot – Ihr nennt ihn *Leidenschaft*, sei's Geiz,
Sei's Ruhm, sei's Aberglaube, sei es Liebe.
– – – Eh, stehst du endlich in der Region
Des *Leben-Südens*, wo der Hoffnung, wo
Der Sehnsucht Riesenbäume, mit den Wurzeln
Zum Tartarus hindringend, schnell und furchtbar
Zu Äthers höchsten Höhen sich erheben,
So daß die Sterne *nur als goldne Früchte*
In den belaubten Ästen schimmern, – wo
Das Wort, das einst die Welt, im Wahn, daß sie
Dadurch geschaffen, an dem Schöpfungstag
Noch halb im Traum geflüstert, voller Wohllaut,
Wie eine Silberglocke, schwebend in
Dem Himmelsdome, durch die Nähe tönt
Und Ferne: *erste Liebe?*
O auch ich,
(Myriaden Jahre sind seitdem verflossen)
War dieses Wortes voll!

F a u s t. Was? wird der Satan
Sentimental?
D e r R i t t e r. Leicht möglich, daß er ehdem
Es gewesen. Jetzt lacht er des Spaßes.
Wie könnt er *so unsäglich* hassen, hätt
Er früher nicht *so ungeheur* geliebt?
Weich glüht das Eisen, eh' es wird zum Schwert –
Den Glücklichen nur kann ein Unglück treffen –
Der *Teufel* liegt dem Gotte näher als
Die *Milbe*.
F a u s t. Don Juan tritt aus dem Tanzreihn,
Und naht mit seinem Diener – Er will schon
Sein blutges Werk beginnen. Höchste Zeit,
Daß wir gefaßt sind, ihm die Beute zu
Entreißen.
D e r R i t t e r. Du bist der Gewaltgere!
– Was will der Sperber? Gleich dem Adler
Schwebst du in weiten Kreisen ihn umgarnend
Über ihm!
F a u s t. Schnell! bau mir mit Flammenkraft
Hoch auf des *Montblancs* Alpenhorn
Ein Zauberschloß im Schnee und Eise auf,
So glänzend als die Welt noch nie eins sah.
Ein goldner Frühlingsduft soll es umweben,
Und Regenbogen liebend diesen Duft
Umschlingen – Und die Fenster sollen leuchten
Wie Donna Annas Abglanz – Purpur, feurger
Als Unschuldsrot auf jungen Mädchenwangen,
Soll alle Wände schmücken, – Teppiche,
Vor Wollust schwellend unter ihrem Tritt,
Den Boden küssen, – was der Schoß des Meers,
Der Erde Schachten, dir an Perlen bieten
Und an Juwelen, dort solls strahlen!
D e r R i t t e r. Während
Du sprachst, ist es vollzogen, und das Schloß
Steht da auf dem Montblanc!
F a u s t. Nur
Den *Kleidsaum* der Geliebten zu umglänzen,
Reiß ich Fixsterne los von ihren Sitzen,
Zu Weibes Dienern sie erniedrigend! –

Don Juan *(mit Leporello in den Vordergrund tretend).*
– Die Stunde schlägt – der Tanz ist aus – sie kommen
Hier in den Vorsaal – wollen schon zu Bett –
Tritt auf den Fuß ihm, Leporello!
*(Donna Anna, Don Octavio, Herren und Damen sind mittlerweile gleichfalls in den vorderen Saal gekommen.)*
Leporello *(zu Don Juan).* Leicht
Ist das geschehen! *(Zu Don Octavio.)*
Herr, verzeiht – ich trat
Euch auf den Fuß!
Don Octavio. Ist schon verziehn.
Leporello. Mein Gott,
Da tret ich Euch schon wieder; bitte sehr,
Entschuldigt!
Don Octavio *(zu den Dienern, auf Leporello deutend).*
Werft den trunknen Knecht hinaus!
Leporello. Hinaus wollt Ihr mich werfen? Herr, wißt Ihr,
Mit wem Ihr sprecht? Ich bin ein Edelmann,
Bin aus Biscaya, wo der Bauer grad
So adlig ist, als nur ein Grande in
Sevilla!
Don Octavio.
Diener, tut wie ich geboten!
Leporello. Holla!
Wo ist mein Herr? O Don Juan, helft, steht
Mir bei!
Don Juan *(tritt vor).*
Ein Schuft, der meinen Diener hier
Beleidigt!
Donna Anna. Wehe, dieser Wetterstrahl
Zuckt auf mein Haupt! – Wo ist mein Vater? – Ruft
Den Gouverneur!
Ein Diener. Der Gouverneur ist hinten
Mit Signor Negro beim Bankett!
Donna Anna. Ruft, ruft,
Ruft ihn!
*(Diener ab.)*
Don Octavio *(zu Don Juan).*
Schuft selbst, der, ohne die
Veranlassung zu kennen, mich so nennt.

Leporello *(zu Don Juan).*
Er will als einen Trunknen mich behandeln.
Ihr kennt mich Herr, ich bitte, sagt die Wahrheit:
Ists *möglich,* daß ich je betrunken werde?
– *Die* Traube soll noch wachsen, die mich trunken
Kann machen!

Don Juan. Wer den Diener mir verletzt,
Verletzt mich! Zieht den Degen!

Donna Anna und mehrere andere.
Haltet!

Don Octavio *(zu Don Juan).* Ihr
Begehrt es!

Don Juan. Blut für die Beschimpfung!
*(Gefecht zwischen ihm und Octavio.)*
Schön!
Da hats getroffen!

Don Octavio *(an den Boden stürzend).*
Wehe mir – da sitzt es – o
Mein Blut – ich sterbe – Anna, denke dessen,
Der hier so frevelhaft zu deinen Füßen
Erwürgt ward! *(Er verscheidet.)*

Stimme des Gouverneurs und des Signor Negro *(vom Bankett aus den Hinterstuben herschallend).*
Tausend Jahre sollen leben
Die Donna Anna und der Don Octavio!
*(Gläserklang und Tusch.)*

Don Juan.
Vivant! Doch leider ist der Bräutigam schon tot,
Und *mein* ist seine Braut!

Leporello. Kommt, mein Fräulein!

Faust *(tritt hinter Don Juan und klopft ihm auf die Achsel).*
Du irrst dich, Freund, sie ist die *meinige*!

Donna Anna. Nicht dir noch ihm gehör ich –
*(auf Octavios Leiche deutend)* Dieser bleibt
Mein Herr!

Viele Anwesende *(auf Don Juan und Faust losdrängend).*
Die Mörder greift! die Mädchenräuber!

Faust.
Ihr Herren, rührt euch nicht! – Ich bin der Faust, –
Die Hölle dient mir, ich kann euch *zertrümmern* –

Und was ich *kann*, das *will* ich auch zuweilen!
– Fort mit der Braut!

Donna Anna. O Hülfe! Hülfe! Rettung!

Der Ritter *(schnell dem Don Juan ins Ohr).*
Ich seh Ihr seid erstarrt vor Zauberei –
– Doch denket dieses Worts, vergeßt es nicht:
*Auf den Montblanc führt er die Donna Anna!*
*(Für sich.)*
Und wenn ihm auch der Teufel *dienen* muß,
So kann er hinterrücks ihn doch *verraten*!

*(Faust und der Ritter mit Donna Anna ab. Der Gouverneur, Signor Negro und andere Herren stürzen herein.)*

Der Gouverneur.
Die Stimme meines Kindes schlug mein Ohr –
– Sprecht, wo ist meine Tochter?

Don Juan. Was ich log,
Das wird jetzt Wahrheit. – Faust hat sie entführt.

Der Gouverneur.
Mein Kind ist fort – Was seh ich? – Eine *Lücke*
Gähnt für mich durch die Welt! –
Dem Zaubrer nach!

Leporello. Könnt Ihr die Luft durchschiffen, alter Herr?

Signor Negro. Und Don Octavio liegt blutend auf
Der Erde!

Der Gouverneur.
Weshalb ward ich achtzig Jahre alt?
Um dies zu schaun?

Don Juan. Leicht möglich!

Der Gouverneur. Ach,
Mein einzges Kind in eines Zaubrers Arme!

Don Juan. Nur ohne Sorg – daraus befrei ich sie!

Der Gouverneur. Wer wars, der diesen totschlug?

Don Juan. Ich! Im Zweikampf!

Der Gouverneur. Du?

Don Juan. Meinen Diener hatte er verletzt,
Und darum straft ich ihn, und rühm der Tat mich!

Mehrere Anwesende.
Herr Gouverneur – glaubts nicht – der Bösewicht
Wollt gleichfalls Eure Tochter rauben, und
Der Streit des Knechts war abgemachter Handel –

Signor Negro.
Ich will verwünscht sein, wenn ichs nicht gleich ahnte –
Die Polizei – O wär sie nun nur noch bei Sinnen!
Der Signor Rubio!
Viele Anwesende. Zieht Stilette! Zieht Stilette!
Octavio gerächt, und Don Juan getötet!
Leporello. Herr, Herr, laßt uns entfliehen!
Don Juan. Fliehen? weil
Ich siegte, ordnungsmäßig im *Duell*?
– Den Gouverneur kenn ich und seine Ehre –
*In seinen Schutz* tret ich vor diesem Haufen!
— Revanche geb ich jedem, der sie fodert. —
Doch nicht mit Häschern, Sbirren und Stiletten,
Mit seinem Schwert rächt sich der Edelmann!
Der Gouverneur.
Er redet wahr und als ein Spanier –
*(Zu dem andringenden Haufen.)*
Zurück, ich nehm ihn auf in meinen Schutz!
– – O Gott, ganz Spanien gäb ich hin, wenn ich
Die Hand nur meiner Tochter wieder sähe! –
– Tief, tief bin ich gesunken! Selbst das Bild
Des Königs, welches mir so lange stolz
Als Pol-Stern vor dem Aug geschimmert,
Verdunkelt sich in dem Gedanken an
Der Anna Jammer! – Doch den Faust
Empfehl ich *Gott*, die Anna ihrer *Tugend*,
Und Don Juan dich fodr ich vor mein *Schwert*!
Leporello *(für sich)*.
Der Gouverneur hat seine letzte Glocke
Gehört!
Don Juan. Ich steh zu Diensten! – Leporello,
Sorg für das Nötige zu Kampf und Flucht.
*(Für sich.)*
Zwei Palmen waren es, die schützend um
Die Quelle in der Wüste standen – Don
Octavio und der Gouverneur – da liegt
Die *eine*, und die andere wird *sofort*
Gefällt – dann stürz ich (Faust der Gaukler wehrt
Mir nicht, – denn wär auch sein der Höllenthron,
Nicht hauset er in ihrem Busen) los

Auf sie, erringe sie, selbst vom Montblanc,
Und liebe sie, und –
Leporello. Und?
Don Juan. Herr Gouverneur,
Ich bin bereit!
Der Gouverneur.
So kommt! – Wie viele Diener
Habt Ihr bei Euch?
Don Juan. Nur diesen einzigen.
Der Gouverneur. So nehm ich auch nur einen mit!
*(Er winkt einem Diener.)* Gasparo,
Du folgst mir nach!
Gasparo. In Tod und Leben, Herr!
Der Gouverneur *(zeigt auf Octavios Leichnam).*
Schafft fort die Leiche! –
*(Zu Don Juan.)*
Auf also zum Streite!
*(Der Gouverneur mit Don Juan, Gasparo und Leporello ab.)*
Signor Negro. Das sind nun echte spanische Manieren!
Statt durch die Hülfe der Gerechtigkeit
Den Mord zu strafen, oder mit dem Dolch
Den Mörder sicher treffen wollen, – Totschlag
Um Totschlag! – Könnt ich nur den Rubio
Erwecken! – Eine blutge Hochzeit!
Die Anwesenden. Schauerlich!
*(Alle fort.)*

## DRITTER AKT

### ERSTE SZENE

*Rom. Platz vor einem der nördlichen Tore.*
*Nacht, jedoch nicht sehr finster.*

*Der Gouverneur, sein Diener Gasparo, Don Juan und Leporello, treten auf.*

Der Gouverneur. Sind wir hier ungestört, Gasparo?
Gasparo. Ja.
Der Gouverneur.
Dann Don Juan entblößt Eur Schwert.
Don Juan. Ist leicht
Geschehn. Nicht *schämt* es sich der Nacktheit.
Leporello *(für sich)*. Wenn es
*Errötet*, ists vom Blute.
Der Gouverneur. Die Erinnrung
An Donna Anna, an Octavio
Umschwebet meine Klinge.
Don Juan. Amen. Schlecht
Und unnütz tönt das Wort zum Schall des Stahls.
– Zur Sache, Herr – jetzt wehrt Euch, ich greif an!
*(Gefecht.)*
Leporello. Ha, erster Gang! – Der Alte wehrt sich tapfer.
– Der zweite Gang – Und noch ists nicht zu Ende?
– Herr, Herr, macht schnell, sonst kommt die Polizei,
So träge sie auch ist. – Der dritte Gang!
Don Juan. Da sitzt es!
Leporello. Drei sind aller guten Dinge!
Der Gouverneur.
Es ist geschehn um mich – Holt einen Priester!
*(Gasparo ab.)*
Don Juan.
Wo *nichts* mehr helfen kann, da ruft man Pfaffen!
Und das ganz folgerecht. Denn niemand hilft
So wenig als ein Pfaffe.
Der Gouverneur. Ehrenvoll,
Nach dem Gebrauch, in dem ich auferzogen,

Im Zweikampf fall ich – Und nun ists mir doch,
Als wäre Sünde jeder Kampf ums Leben,
Man nenn ihn Zweikampf oder Mord –
– O Christus, Heiland, öffne huldreich mir
Des Himmels Tore, und verzeih dem Greis,
Daß er dem Vorurteil der Jugend folgte,
Und darin hinsank!
Jesus! süßer Trost,
Dein Name schon stillt meine Furcht –
Ich fühls mit Scham und fühls mit Lust: wie winzig
Sind unsre Fehler gegen Gottes Gnade –
Nur Tropfen stürzend in den *Ozean*!

Leporello.
Herr, fort – hört wie die Pferde stampfen, schnauben!
Sie riechen Blut und Blutbann!

Don Juan. Gleich – doch sieh,
Der Alte will mit mir ein Wort noch wechseln.

Der Gouverneur.
Du, Don Juan, sieh diesen Blutstrom – Laß
Wie Lava ihn in deinen Busen dringen,
Und dessen Finsternis mit Flammenrot
Erhellen, grad wie mich dein Blut auch würd
Entsetzen, wenn ich Sieger wäre – Und
Dann denk an Gott, an dein Vergehen – denk
An meine arme Tochter – Nicht verfolg sie –
Vielmehr errett sie von dem Faust, und führ
Sie ins Asyl des Klosters.

Don Juan. Euch im Tod
Belügen, ist mein Wille nicht. Deshalb
Vernehmt: daß Eure Tochter *Nonne* würde,
Wär schade um sie selbst, – sie ist zu schön,
Um ungebraucht zu welken. An *Betschwestern*
Erkenn ich alte *Buhlerinnen*, ganz so sicher,
Wie an den Scherben eingeschlagne Töpfe.
Und Donna Anna ist noch immer rein
Und edel. – Mein Vergehen? Was versteht
Ihr unter dem? Denn was ich einst getan,
Das wißt Ihr nicht, und was ich heute tat,
War alles sehr natürlich; das Natürliche,
Mein guter Alter, ist auch wohl das Rechte.

Ich liebte Anna – ist sie denn nicht hübsch?
Octavio wollte sie durch Heirat mir
Entreißen, – wars nicht klug, daß ich dem wehrte?
Ihr fordertet mich zum Duell, – ich mußte
Mich wehren, sei's auch, daß ich Euch erschlug.
Zwar glaubt Ihr, daß das Recht auf Eurer Seite
Gewesen, – doch *ich* glaub, es war auf meiner.
Das Recht ist hundertfach und jeder übt
Sein eigenes. Mich leitete, was Euch,
Was mich, was jeden Erdbewohner führt,
Nur nennt man es verschieden. – Warum betet
Der Priester? Warum quält sich der Geschäftsmann?
Weswegen schlägt der König seine Schlachten,
Den Blitz und Donner an Zertrümmerung
Und Tosen überbietend? Weil sie endlich
*Vergnügt* sein wollen. Stets ruf ich den Wahlspruch:
„*König und Ruhm, und Vaterland und Liebe*",
Doch darum nur, weils mir *Vergnügen* macht,
Dem Inhalt dieser Worte mich zu opfern!

Der Gouverneur.
O meine Tochter! –
Nicht willst du den Trost
Mir geben, daß du von ihr abläßt?

Don Juan.
Nimmer!

Der Gouverneur.
So höre denn, was ich als halbe Leiche
Noch zu dir rede: durch die Todesnacht
Zuckt es wie Blitzstrahl – es lebt ein Gott –

Don Juan.
Meinthalben!
Die Erde ist so allerliebst, daß mir
Vor lauter Lust und Wonne Zeit fehlt, um
An den zu denken, der sie schuf. Ists Gott –
Nun um so größrer Ruhm für ihn – den Koch
Lobt man mit dem Genusse seiner Speis
Am besten.

Der Gouverneur.
Don Juan, dir ist der Frevel – *Scherz*!
Des Schwiegersohns, des Vaters Tod, verhöhnst
Du in der Hoffnung, ein schuldloses Mädchen
Zu rauben. Glaub mir aber, sterbend spür

Ichs nur zu deutlich: es gibt einen Ernst,
Der mehr bedeutet als wie das Vergnügen,
Die Tugend nur ist unvergänglich, nicht
Die Lust, mehr als das Leben ist der Tod,
Und die Vergeltung ist unsterblicher
Und schrecklicher als die Beleidigung!

Don Juan. He, Leporello! Haben wir noch Zeit,
Den Moralisten weiter anzuhören?

Leporello. Mein Gott, schon kommen Leute!

Don Juan. Don, *sterbt* wohl –
Seht dort das *Pantheon,* und denkt, in *Rom*
Woll Sterben eines *einzelnen* nicht gar
Viel sagen. Für die Lehren habet Dank.
Die Donna Anna such ich auf, und hoff
In ihren Armen seliger zu ruhn
Als Ihr im Paradies in Gottes Anschaun.
*(Mit Leporello ab.)*

Der Gouverneur.
Er trotzt! – Bald steh ich vor dem Thron, von welchem
Die Gnade niederflammt, die Rache –
Dort denk ich deiner, Juan! – Weh, meine Sinne
Vergehn – Wo bin ich? – Löwenzungen funkeln
Und lecken – scheußliches Gewürm kriecht über
Die Brust mir –
Ha! – Ja – Vaterland,
Und Donna Anna – Waren das nicht Worte,
Die ich einst hörte oder einst gesprochen? – – –
*(Er stirbt. Gasparo kommt mit einem Priester zurück.)*

Gasparo. Er ist schon tot.

Der Priester. Wir sind zu spät gekommen.
Allmächtiger! verzeih ihm seine Sünde!

Gasparo. Die Bitt ist unnütz. Ich dien ihm lange
Und wüßte keine Sünd, die er vollbracht.

Der Priester.
Wie? Eben fiel er erst im Zweikampf!

Gasparo. Herr,
Er fiel im Kampf um Don Octavios Blut
Und Donna Annas Ehre.

Der Priester. Nicht dem Menschen,
Der Gottheit nur geziemt die Rach und Strafe.

Gasparo.
Der Gouverneur dacht anders. Weil die Gottheit
So selten straft, so meint' er wohl, es wär
Recht gut, wenn auch der Mensch ihr etwas nachhülfe. –
*(Er und der Priester tragen den Leichnam fort.)*

## ZWEITE SZENE

*Gipfel des Montblanc. Prächtiges Gemach im Zauberschlosse des Faust. Aussicht auf Alpen und Land.*

*Faust und der Ritter treten ein.*

Faust *(zornig).*
Erbärmlich ist die Kunst, die du hier zeigtest!
Nicht würdig Ihres Blicks ist dieses Schloß,
Ist dieser Saal! Ich schäme mich darob!
Du willst ein Teufel sein, und kannst nicht einmal
Mit Glanze, sei es auch mit falschem, blenden!
Der Ritter.
Dein Aug ist wohl zu schwach, der Glanz zu stark,
– Denn sag, was mangelt diesem Schloß, wo Perl
Und Diamant, dem tiefsten Ozean,
Dem felsgegründetsten Gebirg entrissen,
Von Wand zu Wand mit Strahlen sich bekämpfen?
Wo Purpur, brennender als Sonnenglut
Aus Afrika, dich überall umflammt?
Wo aller Zonen schönste Frücht und Blüten
Gleich einem Sonnenregen Dach und Vorhöfe
Umträufeln? Nicht der größte *Kaiser* kann
Solch eines glänzenden Palasts sich rühmen!
Faust. Was *Kaiser*! Was soll das *Mir* heißen? *Mächtger*
*Bin ich als alle Lebenden* – das Schloß
Genügt mir nicht, genügt nicht meiner Neigung
Für Donna Anna.
Der Ritter. Alles Mögliche
Geschah – Allein du liebst das Grenzenlose!
Faust. Die Kunst, die Wissenschaft, Kopf und Herz
Sind ohne Ende und Beschränkung –
Auch meine Liebe!

Der Ritter. Kraft und Dauer wohnen
Nur in Begrenzungen.
Faust. Armselge Lehre!
Sie schmeckt nach dem *einseitgen* Haß
Der Hölle. Was ich grenzlos fühle, muß
Ich grenzlos zu erringen auch vermögen.
Denn warum fühlt ichs sonst?
Der Ritter. *Darum* würd
Ich sagen, wenn die Donna sich nicht nahte!
Faust. So mach dich eilends fort aus diesem Zimmer!
*(Der Ritter ab.)*
Faust. Ihr Geister alle, die ihr mir seid Diener,
Begrüßt sie mit dem Donnerjauchzen, mit
Dem Wonnelispel der Musik – Senkt
Euch nieder Sphären und umtanzt sie trunken
Mit euren Harmonien – *Ein Frühlingsleuchten*
*Soll alle Erden, Meere, Inseln, jetzt,*
*Da ich sie seh, umglänzen* – denn sie ists,
Sie ist es, meine *Königin*!
*(Musik und sonniger Glanz. Donna Anna tritt auf.)*
Donna Anna. Weh mir!
Faust. Erzitternd (und es ist das erste Mal,
Daß ich *erzittre*) nah ich dir, du Holde!
Donna Anna. Du zitterst? *(Für sich.)*
Zittr ich doch selbst vor seinem Zittern –
*(Laut, sich wieder ermutigend.)*
– Der Gedanke deiner Schuld durchbebt dich.
Faust. Nein, der Anblick deiner Schönheit.
Donna Anna.
So wünscht ich, meine Schönheit wäre Feuer,
Dich, den Zertrümmerer von meines Vaters,
Von Don Octavios Lebensglück, verzehrend!
Faust. Ha! weißt du wer ich *bin*?
Donna Anna. Ich gedenke
Nur dessen, was du *tatest*.
Faust. Mädchen, Mädchen,
Hüt dich! Der Mann, der sich das Geisterreich
Bezwungen, weil die Erde ihm zu klein war,
Und dem noch jetzt das Reich der Geister nicht
Genügt: – der Faust – der steht vor dir!

Donna Anna. Sei Faust,
Sei Gott – Wähnst du, du könntest Lieb *erzwingen*?
Faust. O Anna, Meteor der Liebe, blick
Nicht zürnend auf mich nieder. Als du blendend
An meines Lebens Horizonte aufstiegst,
Des Himmels Schmuck, des Herzens Wonne, griff
Ich trunken nach dem Licht, das mich entzückte, –
Ich ward, ich blieb ein Kind – Was mich erfreute,
Wollt ich besitzen.
Donna Anna. Mußt du denn *besitzen*,
Was dich *erfreut*? – Unerreichbar wandeln
Die Sterne ihre Bahn, und jeder freut
Sich ihrer dennoch!
Faust. Flitter, Tand die Sterne!
In *deinem* Aug nur wohnt mir Leben – Tot
Bin ich, wenn du es mir entziehst. – O Himmel,
Was ist der Haß? der Zorn? Vergängliche
Empfindungen, *nichts schaffend,* selbst *geschaffen*!
Lieb ist die einzge schöpferische Allmacht!
– O meine Brust! – sie schwillt empor – mir taumelt
Das Haupt! – All meine alten Welten stürzen
Zusammen, – neue Meere kochen auf
Und werfen neue Erden aus, wie Muscheln!
– Wie schrumpft mir alles ein, nur *du* nicht! – Für
Das Fleckchen, das dein Fuß hier hat betreten,
Werf ich die ganze Welt weg – – Schämen sollt
Ich mich! – Und du Herzlose, Unbewegte,
Willst zu der Qual der Qualen mich verdammen,
Zur *hoffnungslosen* Liebe?
Ha!
Antworte mir!
Donna Anna *(sehr ernst).*
Wo ist mein Vater? – Fiel
Nicht Don Octavio? –
Faust. O Abgottsschlange,
So schön geschmückt, als grausam und zerreißend!
Donna Anna. Der Schreckliche! O rette, Gott! Sein Geist
Schnaubt nach der *Liebe,* wie nach *Blut* der Tiger!
Faust. – – Sieh! grau und himmelhoch wie ein
Senat uralter Erdtitanen, die

Im stummen eisgen Trotz zur Sonne schaun,
Am Fuß gefesselt zwar, doch nicht besiegt,
Die mit Verheerung stäubender Lawinen
Das leiseste Geräusch, das sie im Traum
Zu stören wagt, bestrafen, – liegen da
Die *Alpen*, – – blicke weiter: (meine Kunst
Reißt dir die Fern in den Gesichtskreis)
Dort zieht der *Rhone* hin, stolz auf Lyon,
Das sich in seiner Wellen Spiegel schmückt, –
– Dann öffnen sich die grünen Auen der
*Provence*, voll von Lieb und von Gesange, –
Und dort, wo, um dein Auge nicht zu hemmen,
Der Pyrenäen Kett ich auseinander sprenge,
Erscheint Hispania, wollüstig in
Zwei Meeren seinen heißen Busen badend, –
Und jene Türme, deren Spitzen, fast
Wie Wetterstrahlen nach den Wolken zucken,
Es sind die Türme deiner Vaterstadt,
*Sevillas* –

Donna Anna. Ach, Sevilla! Herrliches
Und nie erloschnes Bild aus meiner Kindheit –
So seh ich dich jetzt wieder – Ja, du bists –
Der weiße Marmor dort in den Zypressen
Deckt meiner Mutter Grab! Ach meine Mutter!

Faust.
— Und alles dieses, Berg' und Länder, Ström
Und Meere, schütt ich dir zu Füßen, *ja*
*Selbst meine Tränen!*

Donna Anna. Zeigst du mir das Grab
Der Mutter, und du denkst, daß deine Zähren
Mich da noch rühren möchten!

Faust. Wahre dich
Vor meinen Tränen – *Mürbe Felsen*, vom
Gebirg zermalmend stürzend, sind sie!

Donna Anna. Er
Ist wie ein Gott der Tiefen – Doch ich nenn
Ihn bei dem Namen, womit er geboren.
Kühn wirds mich machen gegen ihn: – *Mensch*,
Gedenke an dein Weib und laß mich frei.

Faust. Mein Weib? *Wer* hat dir das verraten?

Donna Anna. Wüßt
Ichs nicht schon, so verriet' es dein Erröten!
Faust. Erröten! Ja, rot wird der Abend, wenn
Des Nachts Gewitter drohen!
Ritter! Ritter!
Der Ritter *(kommt).* Mein Doktor –
Faust. Hund, Verräter!
Der Ritter. Das sind Worte!
Faust.
Und dieses ist die *Tat*: ihr untern Geister,
Die er tyrannisierte, deren Brust
Seit Millionen Säkeln Gall auf Gall
Gehäuft hat wider ihn – Nehmt ihn fort –
Laßt los die Galle, quält und martert ihn,
Bis daß sein Schrei'n selbst seine Feinde rührt
Und schreckt.
Der Ritter. Freund, säe, säe nur die Saat,
Die du einst heulend *ernten* wirst – Sie fällt
Auf einen Feuerboden, heiß genug,
Um tausendfältge Frucht aus jedem Korn
Zu treiben, – jede Marter wird mich lehren,
Wie ich in Zukunft sie an dir verdoppele.
Faust.
Mit Zukunft droht man fortan mir nicht mehr.
Ich fühl es schon: das Jahr ist kurz und lang
Die Stunde. Gibt es Zukunft, Ewigkeiten,
So ists die Gegenwart, in welcher man
Sie findet. Das zeigt mir Ein Blick ins Antlitz
Der Donna Anna. War ich *einmal* selig,
So bleib ichs stets, trotz aller Höll und Marter.
Ein Teufel nur kann glauben, innres Glück
Mit äußeren Qualen auszutreiben.
Der Ritter. Der
Hochmütge! Bist viel wen'ger als ein Teufel,
Bist nur ein Mensch!
Faust. Mein Ritter – Tief' und Höhe,
Das Weltall hast du mir gezeigt, – doch glaube,
So klein der *Mensch* ist, größer ist er als
Die *Welt,* – er ist unendlich stark genug,
Um nicht zu hoffen, daß er Teufel bändge,

Zu hoffen, daß er einst Gott auf dem Thron
*Zur Seit* sich stelle, wär es *auch im Kampfe*!
Donna Anna. Entsetzlicher!
Faust *(zur Donna Anna).* So sprich *du* nicht; denn grad
An meiner Liebe Größe, hat mein Geist,
Der bis zur Hölle, bis zu jenem dort
Schon hingekrümmt, sich wieder aufgerichtet –
Ich spür es: *ebenbürtig* sind die *Geister*,
Vom höchsten bis zum niedrigsten, und was
Der eine ist, wär er auch noch so groß,
Das kann und darf der andre werden!
Der Ritter. *Werden!*
Erzengel wollten *werden*, wurden Drachen!
Faust *(noch immer zu Donna Anna).*
Mein teures Mädchen, fürchte nicht – Ich weiß,
Was Liebe ist, – weiß, daß sie eigentlich
Aus Kleinigkeiten, Augenzucken, Spiel
Mit weißen Händen, Wohlgefallen an
Erträglich schöner, nett geschniegelter
Gestalt, aus dunklem Trieb der Sinn' entsteht –
Weiß auch, daß man mit Zuckerwörtchen, mit
Schlechten Sonetten, süßen Blicken, halb
Verstohlnem Angriff die Geliebte heimsucht, –
Ich weiß, daß alles das ein Tand nur ist, –
Doch dieser Tand wirkt auf mich, wie ein Fünkchen,
Gefallen in die Pulvermin der Festung –
Nicht zarte Blicke, – *urgeborne Kraft*,
*Glut bis zum Firmament* erregt er mir –
Mit ihr *trotz' ich Gott, Satan und mir selbst* –
– Drum, wenn ich diesen da erniedrige,
Den Himmel stürme, Erd und Meer erschüttere,
So ists nur Lieb zu dir, die darin laut wird,
Jedoch in andrer Art als wie gewöhnlich!
Fort
Mit ihm und peinigt ihn wie ich befohlen!
Der Ritter. Ah! Oha! *(Er wird fortgerissen.)*
Donna Anna. Gott beschütz mich! Welch Geschrei!
Das waren keine *irdsche* Töne – das
Vernahm kein Ohr noch, ohne daß das Herz
Gebrochen wäre.

Faust. So erklingts, wenn Zorn
Und Jammer, Rache, Schrecken und Zerknirschung
An unzermalmbarn Geisterfürsten malmen!

Donna Anna.
Mein Haupt! Mir schmerzt das Haupt!

Faust. Ich hab Arznei
Zur Heilung.

Donna Anna. Weinend bitt ich dich um Gift,
Daß ich vor dir mich rette.

Faust. Nein, du sollst
Die meine bleiben, auch trotz deines Willens.
– Du sprachst von meinem Weibe – Hattest recht –
Ich hab ein Weib – – Schau hin, nach Norden – dort
Der Strom, die graue Stadt –

Donna Anna. Grausig und finster
Gleich dir!

Faust. Respekt vor ihr! Es wandelt da
Am Elbstrom der *Zertrümmerer,* des Feder,
Als er an Wittenbergs Schloßkirche
Die Wahrheit schrieb, daß alle Erdensatzung
Dem Wort und der Vernunft ist unterworfen,
Gleich dem Kometenschweife wuchs und wuchs,
Bis daß sie über Deutschland und die Schweiz drang,
Und eurem Papst die dreigetürmte Kron
Vom Haupte fegte!

Donna Anna. Ach, der Ketzer Luther –
Und dieser sein Bewunderer – Mein Christ,
In welche Hand bin ich geraten!

Faust. Wie
Papistisch und nach spanischer Erziehung
Das klingt – so lieblich tönts in deinem Munde.
Der fromme Irrtum selbst macht reizend dich
Und reizender – bringt dich dem Menschen näher.
Dem schönsten Antlitz fehlt zur höchsten Zierde,
Oft nur ein Blattergrübchen, eine Narbe.

Donna Anna.
Man sollte lächeln. Flammst du Liebe, und
Philosophierst?

Faust. Ich bin ein Deutscher und Gelehrter,
Und die *beobachten* auch in der Hölle,

Auch in dem Schoß von Gottes Herrlichkeit,
Und dann auch, wenn sie *rasen*!
– Jene Frau
Im kleinen Zimmer jener Stadt, die seufzend
Die Hände ringt – sie ist mein Weib – sie weint
Um mich – du aber wirfst mir vor, ich sei
Mit ihr vermählt – Ich winke mit der Hand –
Pestblässe überzieht sie, sie sinkt hin!
– Sprich ferner nicht von meinem Weib – ich habe
Keins mehr!

Donna Anna *(aufschreiend)*. Ha! Gattinmörder!

Faust. Königsmörder
Und Volkserwürger, Schiffszertrümmerer
Und Landverwüster, alles was du willst,
Um deinethalben!

Donna Anna. Vater! Vater! nimm
Den Kreuzgriff deines Schwerts im Namen Jesu
Und rett dein Kind vor diesem Dämon!

Faust. Törin!
Dein Vater hat den Don Octavio
Nicht eine Stunde überlebt. Tot ist er!

Donna Anna. Tot!

Faust. Don Juan erschlug ihn!

Donna Anna *(erbleichend)*. *Don Juan!*

Faust. *Den liebst du?*

Donna Anna. Lieben! Ihn? *Wärs auch* – ich *flehe*:
*Räch* meinen Vater an ihm! Denn dir ward
Die *Macht* – ich spür es nur zu wohl!

Faust. Und selbst wenn
Du ihn nicht liebtest – ich weiß, Er liebt dich –
Auch das soll er nicht wagen – *streben* soll
Er, und *verzweifeln*, je dich zu *erreichen*!

Donna Anna.
Mein Haupt – Ich danke dir, o Haupt, daß du
Dich mein erbarmst! – Du brennst, du schmerzest, daß
Ich fast das größre Weh davor *vergesse.*
– Denk mein am Thron der Gottheit, Vater – Sollt
Die Rach ihr angehören, so gehört
Doch uns (ich fühls) gewiß der *Schmerz*! –
*(Sie sinkt in einen Sessel.)*

Faust. Und läg
Sie da im Blut, nicht wankt ich in dem Vorsatz,
Sie zu erobern! –
Geister auf!
Mit Wunderbalsam heilet sie – Ich merk,
Es naht der Don Juan – Ganz fremd nicht ist
Er ihrem Herzen. – Laßt uns ihm begegnen! *(Ab.)*

## DRITTE SZENE

*Wilde Gegend am Montblanc.*

*Don Juan und Leporello treten auf.*

Leporello.
Nie kommt Ihr zu dem Zauberschloß des Faust –
Wir sind so hoch schon, daß gleich Königen
Auf Thronen uns der Atem ausgeht,
Und dennoch sehen wir noch nichts, – Laßt uns
Zurück – Hier ist kein Hüttenbauen.
Don Juan. Sehr
Gefällts mir hier – Nicht einen Schritt sind wir
Des Lebens sicher – Schluchten gähnen bergtief
Unter dem dünnen Schnee – Freund, da nur, wo
Es in Gefahr gerät, bekommt das Leben
Ein wenig Wert.
Leporello. Ja wohl: denn da nur, wo
Das Geld zur Neige geht, wünscht mans am meisten.
Laßt uns umkehren, Herr!
Don Juan. Noch kann ich weiter!
Leporello. Mein Gott, so seht doch nur! Wir ließen schon
Die letzten Wolken unter uns zurück, und stets
Wächst noch des Berges Gipfel hoch und höher!
Wenn man hinauf sieht, ists, als drehte
Die Welt sich wie ein Eimer um, als ob
Die *Höhe, Tiefe* würd, als könnt ich in
Den Himmel *fallen*!
Don Juan. Davor sei nicht *bange*; –
Jedoch der Ausdruck war originell –
Dies Goldstück nimm dafür.

Leporello. Dieses Goldstück?
Säß ich mit ihm im Gasthaus hinterm Ofen!
– Hier aber: – rings umher nichts Lebendes,
Nur Frost und Schnee – die Alpenrücken wie
Erstarrte Walfischrücken in dem Eismeer
Allüberall – und wir dazwischen, einsam
Wie die unschuldgen Fliegen in der Milch –
Wahrlich, als mich Mama mit Qual geboren,
Nicht ahnte sie, daß ihr unselger Sohn
In solche öde Situation geriete –
O meine gute Mutter – Herr, ich weine!

Don Juan.
Da muß ich lachen! – Zeig mir doch die Träne,
Die echte *Alpenfrucht* – ich liefere sie
Ins Naturalien-Kabinett.

Leporello. Erbarmen, Herr!
Kehrt um! – Ich lob es allen Heiligen,
Daß ich, werd ich aus dieser Not erlöst, –
Mit – der – Lisette mich – verheirate!

Don Juan *(wird auf einen Augenblick ernsthaft).*
Auf Ehre, das ist *viel*! Totschlag von Räubern
Ist Kleinigkeit, doch Heirat! Heirat! Ha
Das ist der Winter, der wohl mit der Kraft
Des Eises, die bewegte Well des Bachs
*Anfesselt,* doch sie auch *erstarren* macht –
Das ist der frevelhafte, künstliche
Versuch, die freiste göttlichste Empfindung,
(So zart, daß bei dem *leisesten* Berühren
– Erfuhr ichs selbst nicht schon? – sie in das Nichts
Verfliegt, wie Pulver vor dem Feuer,) aus
Der Waldesfrei' in die Familienstub
Zu locken, – das heißt, *Nachtigallen* zu
*Hausvögeln* machen, – eine *Glut,* die nie
*Gewohnheit* werden *kann* noch *darf,*
Bei der man, auch wenn sie nur augenblicks
Gleich einem Blitzstrahl uns durchbebt, vor
Vernichtung zittert, zum *Gewöhnlichen,*
*Gemeinen,* zu erniedrigen – Ein *Frosthauch*
Weht tötend hier um uns – Allein er ist
'ne *Flamme* gegen den Gedanken an

Verheiratung. – Ha! das Mädchen, das
Ich *lieb,* umarme, das ich *hasse* oder
Das *Geld* hat, heirat ich!

Leporello. Herr, das trifft zum Teil
Bei meiner Heirat mit Lisetten trefflich.
Ich *hasse* sie, wie eine *Kröte.* Ihr versteht
Mich schon, wenn ich erläutere: das Geringe,
Was ich an ihr zu lieben hatte, ist genossen,
Und Speise, wißt Ihr, ißt man niemals doppelt.
*(Don Juan will weitersteigen. Leporello hält ihn zurück.)*

Leporello.
Herr, halt! – Da klafft ein Abgrund.

Don Juan. Den umgehn wir!

Leporello.
Und seht! Jenseits bricht jemand durch die Felsen,
Als wärens dünne Hecken.

Don Juan. Sicher
Der Teufelsritter, der den Aufenthalt
Der Donna uns verriet, und seine Hülf
Uns anbot.

Faust *(erscheinend).* Menschenkind, der ist es nicht;
Der büßt bereits an der verdienten Strafe.
Faust ist es selbst.

Don Juan. Faust selbst! Ei, welcher Held!
Ich bin der *Don Juan,* und *bin es selbst!*

Leporello.
Don, laßt uns laufen – 's ist ein Zauberer –
Er kann uns töten, uns verderben – Euch
In einen *Hasen,* mich zum *Löwen* wandeln.

Don Juan. Hohn biet ich aller Zauberei! Sie mag
Spaß machen, gaukeln, Stirnen, Angesichter
Verändern können, doch den *Geist* verändert
Sie nie – *Zu Grunde* geht er, oder *bleibt*
Was er stets war. Mag ich ein Hase werden
Und du ein Leu, ich bleibe *Don Juan,*
Und du bleibst *Leporello, mein Bedienter.*

Faust. Zurück, Juan, denn nie erreichst du die
Gesuchte!

Don Juan. *Atm* ich noch, so *hoff* ich sicher
Sie zu erlangen.

Faust. Fliehe, sag ich, vor
Dem Ausbruch meiner Macht.
Don Juan. *Vor deiner Macht?*
Vor ihr, die nicht 'mal stark genug ist, um
Dich Schwächling zu beglücken, dessen Brust
So flau, daß sie nach Höllenflamme lechzte,
Als noch des Lebens frische Quellen sie
Umrieselten?
Faust. Beglückt der Sklav in Ketten,
Kennt er die *Freiheit* nicht!
Don Juan. Wer liegt in Ketten?
Wer stürmt mit übermenschlicher Gewalt
Das Herz der Anna, und vermag das Fleckchen
Nicht zu erobern? – *Wozu übermenschlich,*
*Wenn du ein Mensch bleibst?*
Faust. *Wozu Mensch,*
*Wenn du nach Übermenschlichem nicht strebst?*
Don Juan. Ein *Über*mensch, sei's Teufel oder Engel –
Ist Weiberlieb so fremd, als wie nur irgend
Ein *unter*menschlich Ding, ob Pavian,
Ob Frosch, ob Aff es sein mag – Und, mein Freund,
*Ich* bins, der in der Donna Anna Herzen lebt!
Leporello.
Wir sind verloren, Herr – Ihr machts zu arg –
Laßt mich an Euren Zipfel fassen – Sturm
Und Ungewitter wehn aus seinen Augen!
Faust. Ha, ist das *wahr*, wie ich es längst gefürchtet,
So reiß ich Annas Herz mit seinen Wurzeln
Und deinem Bilde aus! Dich aber werf
Ich an die Grabstätte des Gouverneurs,
Vielleicht die einzge Stelle auf der Erde,
Wo du vor Geistern bebst.
Don Juan. Du irrst! Ich bebe
Vor dir nicht, nicht vor Geistern!
Faust. Geister, werft
Ihn dahin!
Leporello.
Nehmt mich mit, Herr – Seht, Wolken! Winde! –
Ach da verlier ich meine schöne Mütze noch
Dazu!

*(Don Juan und Leporello werden auf den Wink des Faust im Sturm davongeführt.)*

Faust. Sie *liebt ihn*! Reiß ich sie zu Stücken? –
– Der Teufel hatte recht, nicht log er, da
Er sprach: daß er *unsäglich* einst geliebt! –
Nur wer *geliebt* hat, kennt den *Haß*, den *Zorn*.
Nur wer sehr *fromm* war, kann ein *Satan* werden,
Nur wer ein *Satan* war, wird echter *Frömmling*.
– Die Donna Anna, sie die mich *verschmäht* –
Wer sagts, ob ich sie heftger *liebe oder hasse*? *(Ab.)*

# VIERTER AKT

## ERSTE SZENE

*Kirchhof bei Rom, mit der Bildsäule des Gouverneurs. Anbrechender Abend.*

*Don Juan und Leporello.*

Don Juan. He! Leporello!
Leporello. Herr, noch bin ich nicht bei Sinnen.
Don Juan.
Ein Gaukler ist der Faust, doch für die Reise,
Die er uns durch die Luft hieher ließ machen,
Dank ich ihm lebenslang! Wie flatterten
Die heitren Seen, der Ströme Silberbänder,
Wie stäubten Berg' und Tal, bebaute Aun,
Belebte Städte uns vorbei. Eh' Überlegung
Die eine Aussicht uns verdarb, war schon
Die andre da! Ein Rausch, wie er den Aar
Durchzucken mag, wenn er die weißen Firnen
Stolz überflügelt, hält mich noch befangen!
– Wo sind wir?
Leporello. In der Teufelsküche –
Ich müßt 'ne schlechte Nase haben, oder
Hier riechts nach Teufelsbraten, wenn nicht gar
Nach Leichen.
Don Juan. Die Gegend wär mir unbekannt?
Die Höhn im Westen, schön vom Abendrot,
Dem Blut der Sonne, übergossen, *kenn ich*. –
– Ho, Leporello! Knecht! Erblickst du dort
Den *Doppelhimmel*? Die *Sankt Peters Kuppel*, und
Das *Firmament*? Wir sind vor *Rom*!
Leporello. O säßen wir doch lieber im Vesuv!
Don Juan.
Warum? Auf Trümmern sproßt das zartste Grün,
Auf Trümmern singt am hellsten die Zikade,
In der Zerstörung Mitte schallt am kühnsten
Der Ruf der Freude, auf den Gräbern der
*Scipionen* schmeckt der Wein am köstlichsten!

Leporello. Der Mord des Octavios, des Gouverneurs –
Die Polizei?
Don Juan. Was Mord! Was Polizei!
Heut nacht *speis ich in Rom*, und morgen such
Ich Donna Anna auf von neuem. Mag
Die Polizei nur kommen, wenn nicht Grobheit,
So sollen Konnexionen sie vom Leib
Mir halten, – alle span'schen Kardinäle
Sind mir befreundet.
Leporello. Konnexion! Ja
Wenn das ist! *Konnexion* ist viel,
*Verstand, Verbrechen, Recht* sind gar nichts. Lieber
*Verstand* verlieren als die *Konnexion.*
Ich hatt 'nen Onkel, der hatt einen Vetter,
Der Vetter eine Tante, diese hatt
'ne Nichte, die Nichte war Mätresse
Bei einem Bischof.
Don Juan. Still von deiner Freundschaft.
– Was für Gestalten schimmern da so weiß
Und stumm?
Leporello. Der Faust! der Faust! Was er versprochen,
Hat er gehalten. Wir sind auf dem Kirchhofe,
Und jener Reiter, marmorn, in der Hand
Den Stab, – es ist das Denkmal auf dem Grabe
Des Gouverneurs.
Don Juan. Schon richteten sie ihm
Ein Denkmal auf? Wahrhaftig, das war nötig!
Sie hätten ihn sonst allzuleicht vergessen!
Leporello. Ich fleh Euch, spottet *hier* nicht, wo die Toten
Zu unsren Füßen ruhn.
Don Juan. Du fürchtest dich
Vor *Wurmfraß*? Und das sind die Toten.
Leporello. Hätten
Die Würmer ein bißchen nur Vernunft –
Sie wagten sich an Leichen nicht.
Don Juan. Vernunft
Macht also feig und Unvernunft macht Mut?
Leporello.
Was ich nicht weiß, macht mich nicht heiß. So denkt
Der Ochse, wenn er vor dem Kopf ein Brett hat.

Don Juan.
Der Stier läuft fort, wenn ihm das Brett genommen.
– Ich aber sag: auch was ich weiß, macht mich
Nicht heiß!
Die Inschrift an dem Fußgestell
Des Denkmals lies mir.
Leporello. Wenn ich lesen *könnte!*
Don Juan. Soll ichs dich lehren, Schurke?
Leporello. Ach ich kenne
Nicht einen Buchstaben –
*(Für sich.)* Wär ich von hier fort!
Dem Toten nah' ich nimmer!
Don Juan. Hund! ich schlage
Zu Stücken dich, wenn du drei Atemzüge
Noch zögerst. Fürchte du die *Lebenden*
Und nicht die *Toten*!
Leporello. *Muß* ich also lesen!
Nun, sei's versucht – die Not bricht Eisen –
Don Juan. Recht,
Wenn man so feig ist, mit dem *Eisen nicht*
*Die Not zu brechen.*
Nun, wirds bald?
Leporello. Die Angst! die Angst!
Don Juan. Du!
Leporello. Ja, bei Gott, kurios
Wird mir zu Sinne, – ich lerne schon, ich lerne –
Es dämmert Wissenschaft in mir empor –
Buchstaben, die ich nie gekannt, gesehn,
Ich lese sie, und wären sie chinesisch –
– Es heißt:
*(die Inschrift am Fußgestell der Bildsäule des Gouverneurs lesend)*
„Hier ruht der Gouverneur Don Gusman" —
Don Juan.
Er ruht und fault. – Wie gehts im Texte weiter?
Leporello.
O! – „Und die Rach erwartet seinen Mörder!"
Don Juan. Ein Eselskopf, der diese Inschrift machte,
Nicht christlich ist sie und nicht heidnisch!
*(Zu der Bildsäule.)* Ah,

Herr Gouverneur, Ihr *ruht* als Christ, und droht
Mir *Rache*? Ist das fromm? Liebt ich nicht bis
Ins zweite Glied Euch, bis zu Eurer Tochter?
Daß ich Euch totschlug und den lispelnden
Octavio, geschah das nicht aus Liebe? Konnt
Ich meine Liebe kräftger dartun, als
Wenn ich den Mord des künftgen Schwiegervaters,
Des frühren Bräutigams nicht scheute?

Leporello. Don,
O Don! o Christus! Schaut, die Bildsäul wackelt!

Don Juan.
Der Mond geht auf. Ergreift dich Mondsucht?

Leporello. Nein,
Sie wackelt!

Don Juan. Nun, so hat man sie nachlässig
Aufs Postament gesetzt.

Leporello. Nein, Leben steckt
Darin, sie hats Gesicht verzogen. Ihr
Empörtet sie mit Euren Worten.

Don Juan. Treibt
Der Doktor Faust allein nicht Hokuspokus?
Tuns auch Verstorbene? Und fangen
Die *Steine* an zu rasen? Dann ja wär
Es rechte Schande, blieben wir zurück!
– Auf Leporello, richte diesen Abend
In unsrer alten Wohnung einen Schmaus
Mir an, so auserlesen, daß der Duft
Schon schwindeln macht – Dazu schaff Wein, in welchem
Die Glut von hundert Sommern lodert, – Mädchen,
Mit Purpurlippen, die wie Feuerfunken,
Den Kuß verzehren, kaum da er gegeben,
Mit Lippen, ewig brennend, nie erlöschend, nie
Gesättigt, – weiß und fest, gefrorner Schnee
Die Busen, und doch flammend, lad dazu!
– Da wolln wir sehn, wer mächtger ist, der Geist
Der Gräber oder der des Weins, ob Schatten
Mit Fleisch und Blut zu kämpfen, sich
Ins Licht der Lust zu drängen wagen!
– Drum, Diener, lad mir auch sofort den steinern
Herrn Gouverneur zu diesem Gastmahl!

Leporello. Erbarmen! Gnade! Steine einzuladen
Zum Schmause? Essen Steine? Trinken sie?
Don Juan. Verziehn
Sie das Gesicht, so mögen sie vielleicht auch essen!
Leporello. Ich bitte –
Don Juan. Ich *befehle*! – Red ihn an!
Leporello. Ein Kreuz
Laßt mich erst schlagen!
Don Juan. Kreuz und Elend trifft
Dich –
Leporello.
Schont mich! hört! schon red ich! hört!
– Geehrtster, selger Gouverneur von Marmor –
O Don, mir lähmen Zunge sich und Kniee –
Mein Herr dort, (Ich nicht) fragt Eur Gnaden
Mit aller schuldgen Achtung, mit Respekt –
Don Juan. Laß den Respekt weg!
Leporello. – Ob Ihr heut zu Nacht
Bei ihm wollt speisen?
Don Juan. Flüstre nicht! Sprich lauter!
Steinbilder hören schwer!
Leporello. O Gottes Engel!
Wir sind verloren! Er nickt mit dem Kopfe!
Don Juan. Ist er betrunken?
Leporello. Gute Geister loben Gott
Den Herrn!
Don Juan. Ist Trug hier oder ist es Wahrheit?
*(Er geht sichern und stolzen Schrittes, es untersuchend, um das Denkmal. Dann spricht er.)*
Nein, ein Betrüger liegt hier nicht verborgen –
– So muß ichs selbst versuchen, selbst recht deutlich
Anfragen! – Mein Herr Gouverneur – ein Schurk
Und eine Memme, die mir nicht antwortet –
In gutem Spanisch, frei die Stirne, frag
Ich dich: *(mit gewaltiger Stimme)*
Willst du mein Gast sein diese Nacht?
Die Bildsäule des Gouverneurs *(mit einer bejahenden Kopfbewegung)*. Ja!
*(Donner und Blitz.)*
Leporello. Das war kurz und hell und deutlich!

Don Juan. – Seltsam! – –
*(Wieder zur Bildsäule.)*
So komm! *mit Jubel werd ich dich empfangen!*
*(Zu Leporello.)*
Richt für ihn gleichfalls zu!

Leporello. Ach sollt er kommen,
Zurichten wird er sich von selbst aus uns
Zwei Schüsseln.

Don Juan. Was verwirrt mich? – Ja! Er hat
Geantwortet. *Natürlich* ist es, denn
Natürlich ist, was da *geschehen*. Mag
Er kommen, ich erwart ihn ohne Zittern! Fort!

Leporello. Sehr gern!
*(Beide gehen; als sie an der äußersten Szene sind, nimmt Leporello einen Stein auf.)*
Es zuckt, Herr, dieser Kiesel, den
Ich eben finde, in der Hand mir – darf
Ich an den Kopf dem Gouverneur ihn schmeißen?

Don Juan. Und jetzt hast du Courage?

Leporello. *Sechzig Fuß*
*Weit hab ich stets Courage.* Nur die *Nähe*
Mag ich nicht leiden. Ich kann die Gefahr
Vertragen, doch nicht sehn mag ich sie.

Don Juan. Wirf!

Leporello *(wirft)*.
Horcht! horcht! er traf! Die Nase muß ihm ab sein!
– O laßt uns laufen!

Don Juan. Lauf und sorg fürs Essen.
– Nicht Höll nicht Tod soll mir den Appetit
Verderben! – *(Auf die Bildsäule deutend).*
*Der* will kommen! – *Lustig!* – *Seltsam!* –
*(Beide ab.)*

## ZWEITE SZENE

*Schachten unter dem Montblanc.*

Faust *(erscheint)*. Zerstreuung in der Erde Tiefen!
*(Mit einem Hammer an die Felsen schlagend.)* Schlacken
Und Gold, und Zinn und Blei und Kupfer! Schön

Für einen Mineralienkrämer – Gnom
Und Dämon steigt herauf!
Erster Gnom. Heran! Heran!
Hier schlägt ein Herz!
Zweiter Gnom. So haust hier Qual!
Erster Gnom. Den Gnomen Scherz!
Zweiter Gnom. Schaut allzumal,
Wie's klopft, wie's schwellt!
Erster Gnom. Das wär der Held,
Der unsren Herrn
Um den Montblanc läßt zerrn?
Faust. Wer murmelt hier? – Ihr Geisterchen? Nur zu!
Nichts tu ich euch. Tobt nur und spottet. Grab
Ich auch zum Eingeweid des Erdballs – Ich
Vergrabe Mich nur!
Erster Gnom. Höhnt, verhöhnt den Toren,
Der nachts das sucht, was er im Licht verloren!
Viele Gnomen *(Gesang)*.
„Was ist das Herz? Was schlägts so sehr?
Kennt ihr das Tierchen? Wo kommts her?
Es ist ein Vampyr, dick und rund,
Und saugt Fausts Blut zu jeder Stund!"
Faust.
Das nennt ihr Hohn? Das ist nur Wahrheit. Wahrheit
Beleidigt nie den Faust. Sie schmerzt bloß!
Erster Gnom.
Umschwebt mit Leichenkälte ihn, Dämonen!
Erdwürmer, schwarz und meilenlang,
Umgarnet ihn und macht ihm bang!
Faust.
Welch wilder, wüster Lärm! *Hier* wär gut wohnen!
Die Gnomen. O Doktorchen,
Du bist umzingelt!
Es naht, es ringelt
Aus allen Gründen!
Faust. Nichts kann mich binden!
Erster Gnom. Nicht konntest du dich selbst verwunden,
Hielt man von je dich fest gebunden!
Faust. Das freie Roß ist ein Gerippe,
Fett wirds, gefesselt an die Krippe!

Die Gnomen *(Gesang).* „O selig, wer im engen Kreis,
Umringt von seines Feldraums Hecken,
Zu leben, zu genießen weiß,
Er spielt mit aller Welt Verstecken.
Er blickt nicht sehnend nach den Fernen,
Der ganze Himmel engt sich für ihn ein,
Der Horizont mit seinen Sternen,
Ist im Bezirke seiner Äcker sein."
Faust. Sie denken mich zu ärgern und zu rühren,
Und sie satirisieren! –
– Doch jetzt, ihr dummen Hunde, bebt und hört
Mein ernstes Wort: ich weiß, ihr sammeltet
In diamantner Schale jene Tränen,
Die einst Amalia um mich im Tod
Geweint, als ich in ihrer Liebe sie
Verließ, – auch sammeltet ihr volle Tränen
Beim Thronsturz der Usurpatoren, heiß
Entfallen wie nach langer Schlachtenglut
Gereifte Frucht, – und in der hohlen Brust
Zischt euch die ewge Rache: heiße Flamme –
Das alles mischt mir durcheinander, – reicht
Es mir als Trank der Labe, so voll Schmerz,
Daß jeden andern Schmerz ich drob vergesse!
Die Gnomen.
Der Kessel quillt, wir brauen, Faust, wir brauen
– Es schäumt – da! trink ihn aus den Trank voll Grauen!
Faust. Gesegne alle Hölle diesen Trunk,
Und mög er mich vernichten!
Die Gnomen. Prosit! Prosit!
Faust *(hat getrunken und wirft den Becher an den Boden).*
Ha, Kinderei der Geisterspuk! Nichts nützt
Er mir! nichts schadet er! Der Riese, den
Ich fürchte, wohnt nur in mir selbst. Ich schreie
Verachtung über euch! Ein Schall, ein Laut
Ist mächtger als ihr alle: *Donna Anna!*
*O Donna Anna! (Ab.)*
Erster Gnom. Hä, Donna Anna! Qual und Leid!
Herr Faust verliebt in eine Maid!
Herr, der wollt die Welt ergründen,
Und konnte seine Brust nicht finden!

Die Gnomen. Laßt jauchzen uns und jubilieren,
Bei Menschenqual wir triumphieren!
*(Sie verschwinden.)*

## DRITTE SZENE

*Montblanc. Zimmer im Zauberschlosse des Faust.*

Faust *(tritt auf).*
– – Was ich wünsche, muß ich haben, *oder*
*Ich schlags zu Trümmern!* Wenn ich schmachte,
(Sei's nach der Liebe oder nach dem Himmel)
So werd ich nicht, wie manche Sehnsuchtsnarren,
Vom *Schmachten satt,* und *freu* in süßlicher
Melancholie und Selbstzufriedenheit daran mich –
Nein, nein, da halt ichs lieber mit dem Tiger, der
So lange Hunger fühlt, bis er der Speise
Genug hat, und den Raub zerreißt,
Auf den er lauert. – Muß man denn zerreißen,
Um zu genießen? Glaubs fast, wegen der
Verdauung. Ganze Stücke schmecken schlecht –
Mir sagens Seel und Magen.
– Wie denn? *Sie*
(O welchen Inbegriff von Schönheit, Anmut
Bezeichnet dieses *Sie*! Was kann ein Wörtchen
*Bedeuten*!) *Sie* den Don Juan im Herzen,
Sie meine Einzge einen andern? – Als
Die dunklen Locken ihres Haupts elektrisch,
Gleich Wetterwolken, meinem Aug zuerst
Vorschwebten, – wars ein Zeichen, daß des Tages Schwüle
Erst nun mir nahte? Als mich, zwischen Höll
Und Himmel irrend, jener Golfstrom, der
Aus ihrem Blick in Feuerfluten strömt,
Aus kaltem Schlamm, von der Verzweiflung Meer
Umflutet, losriß, und geläutert an
Der Wellen Oberfläche spülte – war
Es darum, daß ich statt in freier Wüste
Des Alls mich zu verlieren, hingerissen
Zu eines Mädchens Füßen, da zerschmetterte? –

– Sie liebt mich nicht! Schon das ist *Tod*! Doch sie
Liebt einen *andern* – das ist *Hölle*! Floh
Ich darum zu dem Satan, daß das Glück
Ich sähe, doch es nicht *erreichte*? – Und
Wer ist die Närrin? Vielen Geist verspürt'
Ich nicht an ihr – Wenn Tugend für Verstand
Kann gelten, mag sie klug genug sein, – und
Ihr Körper, – nun sie ist ein treffliches
Gewächs, – die Haut recht fein und weiß, – das Haar
Recht braun – Was sagt das alles? Tausend Weiber
Sind dennoch schöner als wie sie. – Und wer
Bin ich denn? – Ich bin *Faust*, der himmelstürmende
*Gigante*, bin es, den die Schrecknisse
Der Unterwelt umkleiden –
Und Sie – Sie –
– Ach,
*Sie ist das Mädchen, das ich zärtlich liebe!*
– Das Herz! das Herz! Vernunft ist rein und klar,
Doch aus dem Herzen steigt der Sturm
Der sie verdunkelt – Wer geliebt, gehaßt,
Gehofft hat und gefürchtet, Gott verlassen,
Dem Teufel sich verschrieben, – in dem Herzen
Hats ihm *geklopft*, da *scholl der Hammerschlag*,
Der seines Wahnsinns Schwerter schmiedete,
Da quoll der *Dampf* und sprühten all die *Funken*,
Die ihn betörten!
Und mags immer sein,
Daß sie mit Grund ihn vorgezogen – Nicht
Erduld ich ihre Kälte länger – Nicht gewöhn
Ich mich gleich einem *Hunde* da zu *schmeicheln*,
Wo man mich mit dem Fuß *zurückstößt* – Laut
Hohnlachend warf ich Kunst und Wissenschaft
Beiseit, als ich sie sah – Ich tötete
Mein Weib – Und Sie verwirft mich?

Donna Anna *(tritt auf und erblickt den Faust)*. Ha,
Da steht! War Don Juan der Wetterstrahl,
So schnell und feurig, als (daß zur Schmach ichs nur gestehe!)
Entzückend – so ist Er die Wetterwolke,
Kein Blitz zwar, aber *voll* von Blitzen – *Scheuen*,

Nicht *lieben* kann man Wetter!
– *Ich seh,* er wird bald
Zermalmend sich entladen – doch was wär
Die Tugend könnte sie je zittern? *Fest*
*Mit stolzem Haupte tret ich vor ihn hin!*

Faust *(zur Donna Anna).* Will
Denn nie die Trauer enden? Zeit wärs endlich!

Donna Anna.
Laß frei mich, wenn du Ehre hast.

Faust. Ich habe
Die Kraft, und Kraft schafft selbst sich Ehre.

Donna Anna. Ehre
Wird nicht geschaffen. Echte Kraft entsteht
Aus ihr nur.

Faust. Nach Belieben – Ehre, Kraft –
Sie schaffen, schaffen nicht – Sentenzen kehrt
Man um wie Handschuhe – Sie tragen sich
An beiden Seiten. – Doch du redest nach
Der Denkart deines Vaters.

Donna Anna. Welcher Ruhm,
Gleich ihm zu denken und zu handeln!

Faust. *Kein* Ruhm!
Weshalb gibts Zeit, gibts Jahre, gibt es Stunden?
Die Jüngern sollen weiser werden wie
Die Alten – Kinder klüger als der Vater –
– Doch alles eins. –
Warum liebst du den Don
Juan?

Donna Anna.
Du fragst? – Wenn ich ihn liebte – Gibts
Denn bei der Liebe ein *Warum*? – Es funkelt
Die Sonne, taubeperlte Fluren strahlen
In ihrem Glanze, – aus der Nacht zuckt wild
Und frei der Blitz hernieder, Roß und Reiter
Erschlagend, – und wer fragt *warum*?

Faust. Ich!

Donna Anna. Frei
Die Liebe, Sklaverei der Haß.

Faust. Und hassest
Du Don Juan?

Donna Anna. Je feurger ich ihn liebe,
So heißer haß ich ihn!
Faust. Wie? schlafen Haß
Und Lieb in Einem Busen?
Donna Anna. *Schläft der Löwe*
*Nicht in der Sonne?*
Faust. Ja, er tuts und er
Ist *aufgewacht* in *Mir*. Bist du ein Fels, wahrlich
Ich bin es auch. Laß sehen, wie wir uns
Begegnen. Du verwirfst mich. *Und bist du*
*Der Engel Erster, ich verwerf dich wieder!*
– Der Attila, der *Erd*-Eroberer, stürmt durch
Die Lande – Sie sind seine einzge Freude –
Sehnsüchtig streckt er seine Hand
Nach ihnen aus – Sie weigern sich – Er wirft
Sie unter seiner Rosse Hufen, pflanzt
Die Feuerflamm als seine Fahne auf
Und läßt von Horizont zu Horizont
Sie sich entfalten, – *Er vernichtet* doch,
Wenn er auch nicht *erobert* – Und du wähnst,
Daß ich, der *Welt*-Erobrer, milder wäre?
Nur eine *Silbe* brauch ich auszusprechen,
Und tot sinkst du zu meinem Fuß! – Du schweigst?
Donna Anna.
Ich denke meines Vaters und Octavios.
Faust. Die *stör* ich in der Seligkeit des Himmels –
Du *schweigst*?
Donna Anna. Nicht wert bist du der Antwort. Wärst du
Kein Räuber und Entführer, – raten würd
Ich dir: mit Trotze nicht, mit Anmut Mädchen
Zu nahen.
Faust. Das sag jedem anderen,
Doch nicht dem Faust. Huld, Anmut sind nur Schalen,
Die Wahrheit ist der Kern. Nicht schmeicheln, beugen
(Selbst vor *Gott* nicht) kann ich – doch mit Kraft
Und Tod (schon hab ich es getan) vermag
Ich zu beweisen, wer ich bin – Willst du *mein* sein?
– Ich warne dich! – der Tod, er zuckt schon längst
Auf meinen Lippen, und du weißt, den Lippen
Entfällt gar leicht das Unheil!

Donna Anna *(von Faust weggewandt emporblickend).*
Du,
Der Tugend goldne Blume, winde dich
Um meine Scheitel, laß mich fallen als
Dein Opfer.

Faust. Was ich sagte, sagt ich, es
Vollführend, weil ich es gesagt! — Bedenk das —
Mir bebt der Mund — Nicht die Minute mehr
*Seufz ich um dich*, die ich mit einem Wort
*Zertrümmern* kann. — Nie seufzt ich, ohne
Daß ich mich *rächte*! Hassest du mich?

Donna Anna. Ja.

Faust. *Stirb!*

Donna Anna. Weh mir – ich vergehe! *(Sie stirbt.)*

Faust *(erstarrt).* Meine Macht
Ist schneller fast als meine Zunge –
Tot!
Dahin – Was ist die Welt? – Viel ist – viel *war*
Sie wert – *Man kann drin lieben!* – Und was ist
Die Liebe ohne Gegenstand? – Nichts, nichts.
Das *Mädchen*, das ich lieb, ist *alles*, – an
Der Leiche Donna Annas ahn ichs –
Armselig ist der Mensch! Nichts Großes, sei's
Religion, sei's Liebe, kommt *unmittelbar*
Zu ihm – Er muß 'ne *Wetterleiter* haben! –
– Wie glücklich könnt ich sein, wenn ich nicht
Mich an die Hölle damals schon verkauft,
Als ich dies Weib zuerst erblickte!
– Anna,
Erwache! – *(Laut rufend.)*
Ritter!

Der Ritter *(tritt ein).* Dank für all die Qualen,
Wozu Ihr mich verurteilt – wieder Euch
Zu quälen, lehrten sie.

Faust. Erweck die Tote!

Der Ritter. Ei, ei, die Donna Anna! Abgemacht! –
Ich kann sie nicht erwecken – Das Gestorbne
Ist mein nur, wenn es fällt zur Hölle!

Faust. Anna!
Wie edel schön! Auch noch in deinem Tode! –

– In diesen Tränen, die ich weine, spür
Ich es: es gab einst einen *Gott*, der ward
*Zerschlagen – Wir sind seine Stücke* – Sprache
Und Wehmut – Lieb und Religion und Schmerz
Sind *Träume* nur von ihm.

Der Ritter. Du Gottesträumer!

Faust. Der bin ich!

Der Ritter. Schade, daß das Mädchen
Zu früh gestorben – Hättst sie können erst
Verderben!

Faust. *Die* verderben?

Der Ritter. Freilich! – Stürzt
Der Baum auf Einen Hieb? Und Bäume bieten
Der Axt nur Holz und Rind' und Laub. – Ein Weib
Hat Hände, Wangen, Busen und Verstand –
Anpacken kann man sie an hundert Stellen.

Faust. Anna! verzeih! ich handelte, wie ich nicht sollte –
Hör meine Reu, sie sagt weit mehr als Tränen:
*Teufel, in einer Stunde bin ich dein!*

Der Ritter. Herr Doktor,
In Einer Stunde?

Faust. Ganz gewiß.

Der Ritter. Herr, das
Ist viel, das ist Selbstüberwindung – das will
Ich dir mit Großmut lohnen –

Faust. Heuchler!

Der Ritter. Laß
Mich deine Füße küssen – *(für sich)*
's ist zum Letzten.

Faust. Es lebt ein *andrer* noch, der diese liebte.
Dem *Don Juan* meld ich, daß sie verschieden. –
– Und dann ist all mein Erdgeschäft zu Ende.

Der Ritter. Der Don wird sich entsetzen!

Faust. Nur entsetzen? – Nichts
Ist das Entsetzen. *Jammern* wird er so
Wie ich!

Der Ritter *(für sich)*.
Wenn er das tut, so jammr ich mit!
*(Beide ab.)*

VIERTE SZENE

*Rom. Prächtiger Saal im Hause des Don Juan. Mondschein und Sternlicht strahlt durch die Fenster.*

*Der Ritter erscheint.*

Der Ritter.
Hier in dem Prachtsaal Don Juans schlag ich
Den Sitz der Hölle auf – Wo ich bin, thronet sie! –
– Nun *beide* mein: der Faust durch eignen Willen,
Der Don Juan durch fromme Geisterhände! –
– Ha! endlich kann ich triumphieren –
O darum bin ich gekrochen – Kriechen
Und kriechen, immer kriechen – doch bloß deshalb,
Um desto furchtbarer vom Bodenschlamm
Mich wieder zu erheben – *Jetzt erheb*
*Ich mich* – Und sieh, die Stern erblassen, und
Die Nacht bricht ein, wie dunkle Meereswogen!
*(Es wird dunkel und Wolken ziehen auf.)*
– Weg mit Verkleidung!
*(Er reißt sich das schwarze Gewand und die Maske ab und steht rot gekleidet mit zornflammendem Antlitz da.)*
Wieder trag ich
Die Farbe meiner Elemente!
*(Furchtbarer Blitz und Donner.)*
Ah, erkennt
Ihr mich? Mit Jubel mich begrüßend, stürzt
Der Blitz zu meinen Füßen!
Seid gedankt! –
– Nichts ist das Recht, – Spaß ist die Hölle, – wenn
Am Ziel der *Sieg* nur blinkt! – *Wer da siegt, hat recht!* – –
– – Stunde, nach der ich strebe, wo ich *Ihn*,
Des angemaßten Namen ich nicht nenne,
Im Schutte seiner Herrlichkeit begrabe,
Statt seines Lichts, der Flamme Zunge leuchten
Und fressen lasse – muß ich *dein* gedenken?
Jedoch du kommst – ich fühls – ich werd dich schaun –
Ich bin unsterblich und bin unermüdlich! – – –
– – Der Don Juan mit seinem Diener kommt heran.
Unsichtbar weil' ich hier, bis daß für Faust,

Und dann für ihn die Stunde schlagen wird!
*(Tritt in den Hintergrund und geht da auf und ab. Don Juan und Leporello kommen.)*

Don Juan. Mir summt ein Spruch im Ohr, wie Wasser
Durchs Mühlrad:
„Nur frischen Sinns durchs Leben hin,
Vor nichts gebeugt den stolzen Sinn,
Mit Freude jede Maid geküßt,
Mit Hochmut jeden Narrn gegrüßt,
So wirst du glücklich, wirst du groß,
Und schaffest dir dein eignes Los!"

Leporello.
Ach, merkt Ihr nicht, daß ein Gewitter aufgeht?

Don Juan. Was kümmern mich Gewitter?

Leporello. Wie unheimlich
Und schwül ists hier im Saal – Ists nicht, als wär
'ne Donnerwolke drin versperrt –

Don Juan. Schaff Licht,
Und mach die Fenster auf!

Leporello *(in den Hintergrund auf die Gegend deutend, wo der Ritter auf- und abgeht).* Bemerkt
Ihr nicht, wie dort die roten Funken zucken?

Don Juan. Licht, sag ich, Licht!

Leporello. Gleich, Herr, – gleich! *(Ab.)*

Don Juan. Es ist wahr –
Schwül ists im Zimmer! *Geisterhaft* ists schwül! –
– Doch mit Geruch des Bratens werd ich das
Verscheuchen. – Nichts Reellres in der Welt, als der
Geruch – Er zaubert uns im Augenblick
Ins Reich der Wirklichkeit – *Riechst* du in Eden
Den Duft von Speisen oder Grabesdunst –
Du bist aus Eden fort und glaubst dich
Zu einem Schmause oder in 'ne Gruft
Versetzt. –

*(Leporello kommt zurück mit Armleuchtern, auf denen die Kerzen brennen.)*

Leporello. Herr, auf der Treppe ist ein Lärm.

Don Juan. Die Gäste sinds gewiß, die ich geladen.

Leporello. Nein, nein, es ist kein bürgerlicher, es ist
Ein Polizeischritt!

Don Juan. Und woran kennst du den?
Leporello. An würdevoller Grobheit.
Don Juan. Würd mit Grobheit
Ist Unsinn. – Laß herein die Polizei!
Leporello. Herr, wißt Ihr was Ihr tut?
Don Juan. Laß sie herein!
*(Signor Rubio und Signor Negro mit Polizeidienern treten ein.)*
Signor Negro.
– Wie wird mir? Hier drückts grad so schwül aufs Herz
Wie auf dem Todesball des Gouverneurs.
Ists Blut-, ists Feuer-Dunst? –
Don Juan. Was wollt ihr, Leute?
Signor Negro.
Sprecht nicht von *Leuten*, Herr. *Der* da ist Rubio,
Der Polizeidirektor, ich bin Signor Negro.
Don Juan.
Also nicht Leut und Menschen – Ihr ein *Signor*,
Der ein *Direktor*. Mein Direktor, was
Begehrt Ihr?
Signor Rubio. Euch verhaft ich, Herr, wie man
Zu sagen pflegt, weil Ihr den Gouverneur
Und den Octavio ermordetet, wie man
Zu sagen pflegt.
Don Juan. Dir, Signor Negro, dank ich das!
Du drolliger Patron, der stolz ohn Kraft
Und Mut ist, und daher anstatt das Schlimme
Selbst *auszuführen*, nur ihm gierig *nachspürt*,
Anstatt den Dolch in eigner Hand zu schwingen,
*Angeber* wird, und mit Gericht und mit
Schafotten sucht zu quälen und zu würgen!
– Auf, Leporello, wirf den Signor da
Hinunter – tu's nur dreist – du kannst ihn zwingen –
Leporello. Mir spitzen sich die Finger. — Kann ich ihn auch *zwingen*?
Don Juan. Ohn allen Zweifel.
Leporello *(zu Signor Negro)*. Herr, was ich kann zwingen,
Das drück ich unter! unter!
Don Juan. Recht – Was hätte sonst
Das „zwingen können" auch für einen Nutzen?

Signor Negro.
O Polizeidirektor! Signor Rubio!
Signor Rubio. Helft
Ihm, Leute!
*(Leporello wirft den Signor Negro aus der Tür und verfolgt ihn.)*
Don Juan *(Signor Rubio und dessen Leute zurückhaltend).*
Mein Direktor, an dem Negro üb
Ich Hausrecht. Nicht befugt ist er, frech wie
Ers tat, um Mordverdacht hier einzudringen.
*Euch* aber, als Beamten, alle Ehre.
– Ich bitt, laßt Eure Diener nur in Ruhe!
Signor Rubio.
Herr, Ihr erlaubt Euch –
Don Juan. Alles, was ich *kann.*
Signor Rubio. Ihr seid –
Don Juan. Der, der ich bin!
Signor Rubio. Ihr habt –
Don Juan. Getan
Was mir gefiel!
Signor Rubio. Ei, laßt mich doch zu Wort
Erst kommen!
Don Juan. Gleich! – Doch erst sagt an, wer seid
Denn Ihr?
Signor Rubio. Habts ja längst gehört! Ich bin,
Wie man zu sagen pflegt, die Polizei.
Don Juan. Habt Ihr 'nen *Paß*? habt Ihr *Atteste*?
Signor Rubio. Wie? raset Ihr? Die Polizei soll Pässe,
Atteste haben?
Don Juan. Sie brachts schon so weit,
Daß man ihr selbst nicht ohne Paß traut.
Signor Rubio. Wollt
Ihr mit mir spielen?
Don Juan. Nein, Ihr seid ein Blatt,
Auf das ich keinen Heller setzen möchte.
Wie alt seid Ihr?
Signor Rubio. So sechsundfünfzig Jahr.
Don Juan. Wie heißt Ihr?
Signor Rubio. Signor Rubio, wie man
Zu sagen pflegt.

Don Juan. Derselbe Rubio,
Der auf Octavios Hochzeitsfest
Betrunken war?
Signor Rubio. Was habt Ihr mich zu fragen?
Don Juan.
Warum habt Ihr mir geantwortet?
Signor Rubio. Weil es
So klappte!
Don Juan. Seht, das Klappen! – Unversehn
Ist leicht geschehn! – Jetzt merkt wohl! Es gibt
'ne hohe Polizei und eine niedere –
Die hohe ist die klügste – denn die niedere
Beachtet das nur, was *Vergehen* ist,
Die hohe achtet nur auf das, was *nützt.*
Wahr ists, daß unter andern Mädchen ich
Der Donna Anna nachgestellt und nachstell,
Daß ich deshalb den Gouverneur, den Don
Octavio erschlagen habe – Wahr
Ists aber auch, daß ich ein span'scher Grande,
Der Neffe Gonzalos, des Kardinals,
Günstling des Papstes, bin. Herr, sprecht: was sagt
Ihr nun?
Signor Rubio.
Mein Gott, ein Grande! Neffe vom
Allmächtgen Gonzalo! – Don, verzeiht, ich irrte
In der Person mich!
Der verfluchte Negro,
Wie man zu sagen pflegt! – Nun gilts wahrhaftig
Nicht *Polizei* – nun gilt es *Politik*! –
– Sprach ich von Morde, Herr! Was will das sagen,
Wie man zu sagen pflegt? – So kleines Mördchen,
Und unter guten Freunden, wie sich das
Von selbst versteht, kann allzu leicht passieren –
Was ists denn weiter? Tot der eine, und
Der andere bleibt lebendig! Alles ganz
*Natürlich*; beim gemeinen Volk indes
Muß man auch das Gewöhnliche bestrafen,
Es kommt zu oft sonst vor, und wird deshalb
Leicht *Recht.* Sie morden nicht aus Ehr und Ruhm,
Sondern aus Haß.

Don Juan. Wir wären miteinander
Jetzt fertig. Packt Euch fort aus meinem Zimmer!
Verzeihet, ganz gewöhnlich und natürlich! –
Da, diesen Faustschlag nehmt mit auf den Rücken!
O alles ganz natürlich! – Wagt Euch nicht
Zurück mit Euren Lumpenhunden! – Ganz gewöhnlich,
Wie man zu sagen pflegt!

Signor Rubio. Empfehl mich!

Don Juan. Hast
Sehr nötig, daß du dich empfiehlst.

*(Signor Rubio nebst seinem Gefolge wird von Don Juan fortgetrieben. Leporello kommt zurück.)*

Don Juan. Ist der
Herr Negro tüchtig expediert?

Leporello. Kopfs über,
Kopfs unter!

Don Juan. Wohl, so bring das Essen!

Leporello. Herr,
Herr! — Schwarz, pechschwarz wie Mohren-Fäuste,
Die enger stets und fester sich bis zu
Der Sonn aufballen, in die Welt hineindräund,
Erheben sich Gewitterwolken!

Don Juan. Mags sich heben,
Und mögen Blitze zischen nach Vergnügen.
Ich will jetzt speisen, will jetzt trinken!

Leporello. Horcht!
Welch Windesbrausen!

Don Juan. *Furchtbar* tönts, doch *schön*!

Leporello. Es klopft! – Es ist doch nicht? –

Don Juan. Nur näher! – Wer
Da draußen?

*(Faust, bleich, entstellten Gesichts, tritt ein: der im Hintergrunde verweilende Ritter will auf ihn losstürzen.)*

Faust *(zu dem Ritter).*
Du! Zurück! Wart bis es Zeit ist! –
Mit jenem da, muß ich erst reden! –

Don Juan.
Mit wem spricht man hier außer mir?
– – Ha, Faust! – Wie sieht er aus – Man sollte grausen!
Zerschlagner Welten Trümmer schimmern so

Im Licht des Abends, wenn es sich vor Schmerz
Darüber bricht! –

Faust. Weh mir, von Stund zu Stunde
Wächst meine Liebe! wächst mein Schmerz!
*(Zu Don Juan.)* – Mann,
Hast du sie auch geliebt?

Don Juan. Meinst du die Anna?

Faust. Die Anna!

Don Juan. Fragst du? Ist sie denn nicht schön?

Faust. Tot ist sie, tot! Hörs und verzweifle du
Mit mir!

Don Juan. *Verzweifeln?* Da wo Weh und Jammer,
Des Unglücks und des Herzbluts hohe Wogen
Auf uns einstürmen, – gilts die *Flagge auf-*
*Zuziehn,* die an des Lebens Masten flattert,
Gilt es für ihre Ehr, für ihren Ruhm
Zu *streiten* bis zum Abgrund des Verderbens!
– Ja, mich erschüttert Donna Annas Tod!
Die tiefste Brust bewegt er! – Doch ich spann
Die Segel wieder, fahr mit neuem Winde!
– Gibts nicht der schönen Mädchen tausend andre?
Wie sollt ich mich um Eine grämen? – Hab
Ich sie geliebt, so zeig ichs dadurch, daß
Ich nicht den Tod scheu, sie zu *rächen*!
– Du bists gewiß, der sie erwürgte! Ähnlich
Sieht dirs, der immer selber seine Himmel
Zertrümmerte! – Zum Zweikampf! Ein paar Gänge
Versuch einmal!

Faust. „Der seine Himmel selber
Zertrümmerte!" – Er wagts mir vorzuwerfen!
Und er hat Recht. Ich schlug das Herrlichste
Zu Trümmern, weil ichs nicht *begriff*! –
– – Du bist
Dahin für mich, o Donna Anna! Nie
Erblick ich deiner Augen Schimmer, nie
Bad ich in deiner Schönheit Glanz mich wieder,
Und niemals wird ein Wörtchen nur, verschönt
Durch deiner Stimme Zauber, zu mir klingen –
*Doch ewig werd ich dein gedenken,* und
Schon der *Gedanke* wird die Wirklichkeit

Der Höll zuschande machen!
*(Zum Ritter, der sich dem Faust wieder genähert hat.)*
Trotzend
Stürz ich in deine Arme – Wisse aber:
Wenn ich ein ewges Wesen bin, so *ring*
Ich auch mit dir *von Ewigkeit,*
*Zu Ewigkeit,* und möglich, daß ich *siege,*
Dich nochmals tretend, wie ich schon getan!

Der Ritter *(den Faust packend und sofort erdrosselnd).*
Erwarten wollen wirs! – Mit ihm zum tiefsten Pfuhl!
Häuft *brennende Ölberge,* wär auch der
Von *Zions Stadt* darunter, Feuerberge
Häuft über seine Seel! – Den Körper laßt
Nur liegen! – Macht es gut, ihr Geister – Bald
Komm ich mit Don Juan ihm nach!
*(Er tritt wieder in den Hintergrund und bleibt während der ganzen Szene darin, den Don Juan fixierend.)*

Don Juan. Der Zaubrer
Wird wohl verzaubert? Spricht er mit der Luft?

Leporello.
Er stürzt vom Stuhl – Ihr Heiligen, er *stirbt* –
Und kohlschwarz starrt sein Antlitz
Im Rücken ihm! – Hier in der Stube spukt
Ein Teufel!

Don Juan. Kerl, laß deine Fratzen! Schlagfluß
Hat ihn gerührt! Bring ihn sogleich von dannen!

Leporello. Wegbringen? Den? Anfassen ihn, den Gott
Gezeichnet?

Don Juan. Eben sprachst du ja vom Teufel!

Leporello.
Das ist ganz eins – Gott *zeichnet* mit dem Teufel,
Wie Kinder mit der *Kohle*!

Don Juan *(drohend).* Fort den Leichnam.

Leporello *(schafft bebend den Leichnam des Faust beiseit und kehrt zurück).*
– Ich schöpfe wieder etwas Luft. – Das Untier
Wär weggeschafft! –

Don Juan. Freund, was gelobtest du
Auf dem Montblanc? Du wolltst dich bessern, wolltest
Lisetten eh'lichen.

Leporello. O Don, bedenkt:
Versprechen ist was anders als das Halten:
Was ich *verspreche*, das *versprech* ich,
Und was ich *halt*, das *halt* ich. Auch vernahm
Ich nicht, daß mein Gelübde akzeptiert ward!
Don Juan. Decke
Den Tisch! – wo bleiben unsre Gäste?
Leporello. Gäste?
Hört Ihr nicht, daß der Wind gleich einem Besen
Vor dem Gewitter herfliegt, und die Straßen
Auskehrt von Staub und Menschen? – Können
Noch Gäste kommen?
Don Juan. Deck den Tisch!
Leporello. Ich tu's!
*(Er deckt den Tisch und trägt Speisen auf und Wein.)*
Don Juan *(sich Wein einschenkend).*
– Die Donna Anna! – Überflut sie, Wein! –
Ah, der Franzose da: Champagner – Wildfang!
Bis an die Decke fliegt dein Schaum, mein Jubel
Soll aber trotz der Donna Anna, trotz
Des Jammers, an die *Sterne* schlagen! –
– Schuft,
Was machst du?
Leporello. Trank ich? Es war Eure
Gesundheit! Die erfleht Eur treuer Knecht!
Don Juan. Pasteten – Braten her – Salat!
*(Er ißt.)* Erträglich
Ist alles zubereitet. – Hast du Musikanten
Bestellt?
Leporello. Herr, sie sind draußen. Dürfen sie
Eintreten?
Don Juan. So? daß ich *säh,* wie sie
Die Töne kratzten, pusteten? – Sie sollen
Aufspielen, aber laß mich sie nicht sehen!
*(Leporello ab und kommt gleich zurück. Dann Musik.)*
Don Juan. Beim Essen ist Musik ein guter Prüfstein –
Denn ist das Essen gut, so *hört man die*
*Musik nicht*!
*(Speisend.)* Schön, ich hör sie jetzt nicht!
*(Zu Leporello.)* Mensch, – was ißt du?

Leporello. Ich essen? Den Fasan probier ich, ob
Er gut gebraten. *Essen* und *Probieren*!
Ein großer Unterschied! – O wär die Welt
Doch ein gebratener Kapaun, und wär
Ichs doch, der ihn anfräß. – Schauderhaft
Laßt Ihr mich hungern!
Don Juan. Kerl, dir *geb* ich nichts,
Da ich doch weiß, daß du es *stiehlst*!
Wein, Wein!
Leer sind die Flaschen! –
*(Leporello setzt neue Flaschen auf.)*
Don Juan *(trinkend)*. Mahomet soll leben!
Den Wein verbot er, weil er ihn so sehr
Geliebt. Denn das Verbot, so schloß er richtig,
*Verdoppelt* den Genuß!
*(Blitze, Donner.)*
Leporello *(am Fenster)*. Herr, christlich! christlich!
Seht, seht die Wolken! – Regen – Blitz – und – Donner!
Kein Ende – Wie ein feuerspeiender
Vulkan hängt über uns der Himmel. – Da
Schlägts ein in den Palast des Erzbischofs!
Don Juan.
Da capo! Alle Blitze mögen ewig flammen,
Besonders, wenn sie treffen!
Leporello. Gnade! Gnade!
Da blitzts, da donnerts wieder! – Ach wie tobts!
Don Juan *(ein Glas Wein hinunterstürzend)*.
Hoch lebe
Der Donner, – mög er tausend Jahre rollen
Wie heute!
Leporello. Herr, das Gewitter – enger stets und enger
Umzieht es uns – Kaum kann ich atmen. – Herr,
Es ist auf uns gemünzt!
Don Juan. Den Saft der Traube
Schlürf ich – der macht mich heiß – Und Blitz und Donner
Sind nichts als Schnee dagegen!
Leporello. Hab ich Eisen
An mir? Man sagt, der Blitz zieh sich darnach –
*(Schlüssel, Schuhe usw. wegwerfend.)*
Da! Schlüssel! – Schuh' mit Nägeln – Spangen,

Hinweg damit!
– O Gott, da kommt jemand, und stapft
Und stapft, daß man durchs Donnerwetter es
Vernimmt!

Don Juan. Es wird ein Gast sein!

Leporello. Ists nur nicht
Der *steinerne*, den Ihr habt eingeladen?
– Das sind nicht Menschentritte, – nein, es sind
*Erdbeben*, die herannahn!

Don Juan. Schwert! mein Schwert!

Leporello. Hier ists!

Don Juan *(das Schwert entblößend).*
Sei willkommen, meiner Freunde treuster!
Du, der den Feind erschlägt, und mich nicht eher
Verlassen wird, als bis die Hand mir abfällt!
– Mein Fühlhorn sei, mit deiner Spitze
Laß mich den Marmorgast befühlen –
*(Zu Leporello.)* Öffne
Die Tür!

Leporello. Das Öffnen tut nicht not!
Man hat so angeklopft, daß schon die Tür
Von selbst einbricht.

Don Juan. Wer wagts, so unverschämt
In mein Gemach zu treten?
*(Die Bildsäule des Gouverneurs tritt in das Zimmer.)*
Ha!

Leporello. O Christus!
Die Bildsäul von dem Kirchhof! – Ich vergehe!

Don Juan. *Entsetzlich* oder auch wohl *närrisch*! – Still,
Still, Leporello!

Leporello. Hört ich einen Hahn
Nur krähen – einen dummen Entrich schnattern –
Die Erd fühlt ich wieder! – Doch dies ist
Das Reich der Geister!

Die Bildsäule des Gouverneurs.
Don Juan –

Leporello.
O welche Stimme! Mark- und Bein-zerknirschend!

Die Bildsäule des Gouverneurs.
Du hast befohlen und ich bin erschienen!

Don Juan.
Ists eine Bildsäul, ist es keine?
– Das Auge weiß – Kein Stern darin – Ich stürz
Zu Boden! –
Doch *ich rufe meinen Namen,*
Ist er auch blutbefleckt, so ist er doch
Voll Ehre! Und wie eine Feuerglocke
Die Städte aufregt und das weite Land,
So richten auch bei seinem vollen Schalle
All meine Kraft sich auf und all mein Mut!
*– Ich heiße Don Juan und biet dir Kampf*
*Und Trotz!*

Die Bildsäule des Gouverneurs.
Ohnmächtiger, kein Lebender
Vermag mich zu bekämpfen!

Don Juan *(sich an der Stirn fassend).* Welche Töne!
– Doch.
Vielleicht ein Gaukler! – Laßt uns prüfen,
Ob dieser Stein ein *böhmischer,* ob es
Ein *echter,* der den Stahl verträgt!
*(Er haut mit dem Schwerte auf die Bildsäule des Gouverneurs und das Schwert zersplittert.)*
Ein *echter*! –
– Noch hab ich einen Dolch – Zwar kürzer als
Das Schwert, doch näher, sicherer!
*(Er zieht den Dolch und schwingt ihn wild um das Haupt.)*
Noch bin ich
Gewaffnet, *und wer zagte unter Waffen?*
*(Zu Leporello.)*
Wo sind die Musikanten? Weshalb ließen
Im Spiele sie sich stören?
*(Donner und Blitz.)*

Leporello. Hört Ihr, Herr,
Es musiziert da, daß die Saiten reißen!

Don Juan.
Herr Gouverneur, beliebts Euch, sich zu setzen?
Hier ist ein Stuhl –

Leporello. Der Stuhl wird unter dem
Zusammenbrechen, wie Korn unterm Mühlstein!

Don Juan.
Hier Suppe von Schildkröten – Hier Wildbraten –
Auch Beefsteak – Rostbeef – Frikasséen –
Endiviensalat – Da Wein, Tokaier,
Champagner und Burgunder – Langt nur zu, Herr!
Die Bildsäule des Gouverneurs.
Ich komme von den Sternen. Irdscher Nahrung
Bedarf ich nicht.
Don Juan. Mit Sternenspeise kann
Ich dir nicht dienen, und zum *irdschen Mahle*
*Lud ich dich ein.* Narr, wenn du kamst in Hoffnung
Von anderen Genüssen!
Die Bildsäule des Gouverneurs.
Donna Anna
Und Don Octavio, im Himmel jetzt
Im seligen Verein, den Erdenschmerz
In ihrem Antlitze zu leichtem Lächeln,
Zu Perlen ihre Tränen umgewandelt,
Gedachten dein in ihrer Wonne, und
Sie senden mich hernieder, daß ich dich
Zur Reu und Beßrung mahne.
Don Juan. Danke für
Den Gruß! – Doch nichts hab ich getan, weshalb
Ich Reue spürte! Alles, was ich tat,
*Gefällt* mir! Nicht bedarf ich Beßrung,
Denn mit mir selbst bin ich gar sehr zufrieden!
Leporello. Klein beigegeben, Herr, klein beigegeben!
Lügt ihm was vor! Es findet sich nachher! –
– Bedenkt, Ihr zieht dadurch mich Schuldlosen
Mit Euch aus diesem Elend!
Hu, der Marmor
Knirscht wieder!
Die Bildsäule des Gouverneurs.
Hast du Mut, gib mir die Hand
Darauf, daß du beteurst, dich nicht zu bessern!
Don Juan. Die Hand! die Hand! – Doch bin ich nicht in
*Rom*? Hier reckte
Der Scävola die Rechte in das Feuer –
Ich tue *mehr*: ich strecke kühn auffordernd
Sie in das Reich der Unterwelt, und spreche:

Das Leben ist ein Nichts, wenn es nicht allem
Was ihm begegnet, Stirne bietet!
Da!
*(Er gibt der Bildsäule des Gouverneurs die Hand, welche sie einige Augenblicke festhält und dann losläßt.)*

Don Juan.
O schnöder Schurke! Leichenkälte fließt
Aus deiner Hand in meine Adern! – Lohnst
Du so den Handschlag eines Spaniers?
O Niederträchtiger, du wärest wert,
Du lebtest nochmals, daß ich nochmals dich
Erschlüge!
*(Er greift die Bildsäule des Gouverneurs mit dem Dolche an.)*

Die Bildsäule des Gouverneurs.
Weich!
*(Don Juan taumelt zurück.)*
– Schau, die dunkle Flamm dort hinten
Kommt auf dich zu! *Der Satan ists im Fest-Gewand* –

Leporello. Ach, meine Ahnung! Darum wars
So schwül im Zimmer – Satan, Herr! zu schlecht
Bin ich, daß Ihr mich holt. – *(Auf den Don Juan deutend.)*
Nehmt *ihn*, Ihr habt
Genug daran!

Die Bildsäule des Gouverners.
Er lauert schon, daß er dem Faust
Dich zugeselle. – Doch ich kann dich retten,
Wenn du *bereuen* willst – Zum letzten Mal
Frag ich dich mit der Gottheit Donnerstimme:
Willst du bereuen und dich bessern?

Don Juan. Was
Ich *bin*, das *bleib* ich! Bin ich *Don Juan*,
So bin ich nichts, werd ich ein *anderer*!
Weit eher *Don Juan* im Abgrundsschwefel
Als *Heiliger* im Paradieseslichte!
Mit Donnerstimme hast du mich gefragt,
Mit Donnerstimme geb ich dir die Antwort: *Nein!*

Die Bildsäule des Gouverneurs.
Wir sehen uns nicht wieder! *(Sie versinkt.)*

Der Ritter *(seinen roten Mantel in die Höhe werfend).*
Mantel, breit
Dich aus, entfalt den Stoff, aus dem du bist
Verfertigt, überflamm als *Feuersbrunst*
Dies Haus, samt den Bewohnern es verzehrend!
*(Feuer und Feuerregen.)*
– Dich aber, Juan, reiß ich mit mir, – schmiede
Dich an den Faust – Ich weiß, ihr strebet nach
*Demselben* Ziel und karrt doch auf *zwei* Wagen!

Don Juan. Noch jetzt ruf ich, als letztes Wort auf Erden:
*„König und Ruhm, und Vaterland und Liebe!"*
*(Der Ritter versinkt, und reißt den Don Juan mit fort.)*

Leporello.
Es brennt in jeder Eck, – ich muß verbrennen.
Gibts keine Hülfe? Weh, die Flammen kommen!
Sie kommen! Keine Flucht! Ich muß verbrennen!
*(Der Vorhang fällt unter Feuer, Donner und Blitz.)*

## NACHWORT

Grabbe hat den *Don Juan und Faust* gegen Ende seiner Studienzeit konzipiert. Am 11. Juni 1822 war in Berlin der *Herzog Theodor von Gothland* vollendet, im Herbst das nachher entstandene Lustspiel *Scherz, Satire, Ironie und tiefere Bedeutung* im Kreise der dortigen Genossen vorgelesen worden. Zu Beginn des folgenden Jahres entstand das „ländlich-heitere“ Trauerspiel *Nannette und Maria,* und im März arbeitete Grabbe an einem „streng-historischen“ Stücke, nämlich *Sulla.* Nun war das vorgesehene Triennium abgelaufen, im verstärkten Bewußtsein aber seiner dichterischen Kraft und seiner künstlerischen Sendung tat Grabbe das erdenklichste, der Heimkehr in die Enge der Vaterstadt zu entgehen und den Zugang zum Theater zu gewinnen. Zu diesem Zwecke begab er sich nach Leipzig, suchte dort den Schauspieler Eduard Jerrmann auf, entwickelte ihm seine Pläne und las ihm, als Probe schauspielerischen Talentes, Hamlets Monolog „Sein oder Nichtsein“ nebst der anschließenden Szene mit Ophelien vor, was aber bei dem andern nur einen Ausbruch von Gelächter zur Folge hatte. Darauf wandte sich das Gespräch Goethe zu, und in seinem Verlaufe meinte Grabbe, wenn dieser auch in der Gestalt seines Faust gleichsam die ganze Menschheit individualisiert habe, so wisse er doch einen, der, ihm schroff gegenübergestellt, gerade in seinem Gegensatz, wenn auch nur in materieller Weise, fast seinen Wert erreiche: Don Juan; und er behauptete ferner: durch einen Verein beider werde es möglich sein, Goethes *Faust* wie Mozarts *Don Juan* zu übertreffen, und auf Jerrmanns spöttischen Einwurf: „Freilich, das wäre eine Aufgabe für *Sie*!“: „Sie war es, denn ich habe sie gelöst!“

Damit reißt er den Rock über der Brust auf, daß ein Haufen Manuskripte auf die Erde rollt. Er ergreift eines der Hefte und setzt sich an den Tisch.

„Es kommt gar nicht auf den Zusammenhang an“, sagt er munter. „Es ist viel Tolles darin, aber das tut nichts – Natur! Natur! Da erscheint uns auch manches bunt und durcheinander wie der Wust von Papieren hier, und doch welche heilige Ordnung im ganzen, welch ewiges Gesetz, nach dem sie gestaltet und zerstört! Hören Sie denn! Hier sprengt der Teufel über das Straßenpflaster von Köln, daß das Roß ein Hufeisen verliert – nein – diese Szene ist besser – hier, zwischen Faust und Don Juan."

Nun fängt der junge Dichter an zu lesen. Stumm und staunend hört Jerrmann eine Stunde lang zu. Denn er findet den Inhalt des Vortrags würdig. Eine Fülle seltener, eigentümlicher Gedanken rollt wie ein Strom von den Lippen des Lesenden, kühne Bilder jagen sich wie phantastische Gestalten, vom Wirbelwinde gehetzt, vor seinen Augen auf und nieder. Ja, so findet er, hier sind „Natur und Wahrheit verkörpert in der edelsten Form der Poesie!" Überraschung und Freude wechseln in seinem Innern, und eine tiefe Beschämung durchbebt seine Brust.

Einen Akt liest Grabbe; dann hält er erschöpft inne. –

Erst im Herbst des Jahres hören wir aus Grabbes eigenem Munde, daß er an dem Plane festhielt, und wie er an sich arbeitete, um ihn zur Reife zu bringen. Unterm 29. August schrieb er an Ludwig Tieck, dessen persönliche Bekanntschaft er in Dresden gemacht hatte, die Idee zu einem anderen Faust, der mit dem Don Juan zusammentreffe, entwickle sich in seinem Gehirnkasten mehr und mehr. In bezug auf dieses Stück habe er dem heiteren Humor, der das Tragische im *Hamlet* so mildernd durchwehe, fleißig nachgespürt. Dies deutet auf die Übernahme von Leporello-Szenen hin.

Nachher aber verstummte Grabbe. Jahre der Öde und Unfruchtbarkeit folgten, die er in tiefster Verbitterung und Einsamkeit verbrachte, in das Geschäftsleben vergraben. Innerlich jedoch kam er von dem Stoffe nicht mehr los, und als er im Frühjahr 1827, nur um zu versuchen, ob er noch dichten könne, zwei Szenen niederschrieb, fand er, daß sie geraten seien. Zu neuer Tätigkeit weckte ihn erst ein bald darauf eintreffender Brief seines Studienfreundes Georg Ferdinand Kettembeil in Frankfurt am Main, der an den dramatischen Jugendwerken ein verlegerisches Interesse bekundete. Um darzutun, daß der „diable" ihn noch nicht ganz verlassen habe und er – „Un-Sentimentaler" und „Nie-Liebender" – selbst noch Force genug besitze, gerade mit

Waffen solcher Personen zu fechten, fügte er seinem, der Mitte des Mai angehörenden Brief eine Stelle aus dem Werk ein, die er kürzlich, mitten unter Akten dritter Instanz, expediert habe. Es ist die Szene, in der Don Juan Donna Anna zu verführen sucht.

Ein zweiter Umstand hatte die Vollendung des Werkes fördern können: die Begründung des Detmolder Hoftheaters, das am 8. November 1825 mit der Aufführung von Mozarts *Titus* eröffnet wurde. Vorerst freilich nahm die Drucklegung der zwei Bände füllenden „Dramatischen Dichtungen" Grabbe neben seinem zwiefachen Berufe als Advokat und Stellvertreter des lippischen Militärgerichtsbeamten vollauf in Anspruch. Nachdem ihm aber die Hände frei waren, er auch Abstand von dem bis dahin Geschaffenen gewonnen hatte, bekannte er dem Freund, allmählich werde es sein Ernst, ferner etwas zu leisten, was nicht nur jenes überbiete, sondern auch theatralisch korrekt, das heißt also, für die Bühne jener Zeit aufführbar sei.

Das hat Grabbe wirklich erreicht. *Don Juan und Faust* ist das einzige Stück, welches zu Lebzeiten seines Dichters über die Bretter ging. Am 29. März 1829 hat es August Pichler an dem von ihm geleiteten Detmolder Hoftheater inszeniert. Albert Lortzing, der selbst den Leporello spielte, hatte dazu eine Bühnenmusik komponiert, die aus Mozartschen und Spohrschen Motiven sowie aus eigener Erfindung gemischt war. Eine Wiederholung hat weder in Detmold noch anderwärts stattgefunden.

Während der ersten Monate des Jahres 1828 hatte Grabbe die Tragödie ausgearbeitet. Er betrachtete sie als eine Vorbereitung auf die *Hohenstaufen*, indem er alles, was er noch auf dem Herzen habe, darin „abschäume". Sie werde, so versichert er, ein „begeisternder, 'theatralischer *Gothland*". „Wahrlich", so schreibt er bei einer anderen Gelegenheit, „meine poetische Ader braust wieder in etwas, ich schwebe schon wie ein Geier über der Peterskuppel und den Alpen." Ende August war das Manuskript in den Händen des Verlegers, im Januar des folgenden Jahres der Druck in denen des Verfassers.

Daß Grabbe die Gestalt Fausts zum Helden einer Tragödie sich erwählte, kann nicht wundernehmen. Hatten sich doch, nachdem im Jahre 1808 der erste Teil von Goethes *Faust* der Öffentlichkeit bekannt geworden und 1818 Wilhelm Müllers Übersetzung von Christopher Marlowes *Leben und Tod des Doktor Faustus* nachgefolgt war, Berufene und Unberufene immer wieder an diesem Gegenstand versucht. Welche Gestalt auch hätte dieser innerlich zerrissenen Epoche als Gefäß für ihre gärenden und drängenden Gedanken geeigneter erscheinen können als diejenige des Wahrheits- und Gottessuchers! Wohl möglich also, daß Grabbe, dessen Stärke nicht in der Erfindung einer dramatischen Handlung lag, bei seiner ausgedehnten Lektüre da oder dort eine Anregung empfing. Notwendig ist die Annahme bestimmter Anklänge oder Entlehnungen nicht; mochten doch solche Motive literarisches Allgemeingut jener faustfreudigen Zeit sein.

Ähnlich verhält es sich mit Grabbes kühner Idee, die beiden Sagen zu verschmelzen und ihre Helden, als einander polar entgegengesetzte menschliche Typen, zu Gegenspielern in ein und demselben Werke zu machen, wobei ihm kaum Bedenken gekommen zu sein scheinen, ob dies zeitlich möglich sei. Wohl hatte Franz Horn, ein Berliner Literarhistoriker, im zweiten Band des von ihm herausgegebenen Taschenbuches *Luna* (Leipzig, Züllichau und Freistadt 1805, S. 322) angedeutet, daß Hamlet, Faust und Don Juan gewissermaßen zusammengehörten und sich gegenseitig ergänzten, wohl war vier Jahre später Niklas Vogt, Professor der Geschichte und Lehrer Metternichs, mit seiner Faustdichtung *Der Färberhof oder die Buchdruckerei in Maynz*, dem zweiten der unter dem Titel *Die Ruinen am Rhein* publizierten Jugendwerke, hervorgetreten, einem Libretto, in dem er nur hatte zeigen wollen, „wie der Doktor Faust und Dom Juan zu einer großen Oper vereinigt werden" könnten (S. 113). Jedoch werden sie darin zu einer Person verschmolzen, ebenso wie diejenige des Famulus Wagner mit der des Leporello. Somit kann Grabbes Ruhm der Priorität kaum geschmälert werden, zumal es wenig wahrscheinlich ist, daß er die eine oder andere der genannten Arbeiten gekannt habe.

Wesentlich dagegen war für den Reifungsprozeß des Werkes ein Einfluß vom Ausland. Wann Grabbe die erste Bekanntschaft mit den Dichtungen Lord Byrons gemacht hat, ist ungewiß. Dies aber wissen wir, daß er, der sonst durchaus kein Verlangen trug, Bücher zu besitzen, sich im Juni 1826 die Werke des Briten in englischer Sprache beschaffte und dadurch die Möglichkeit fand, mit ihnen vertraut zu werden. Byron trat an Shakespeares Stelle.

Zwei Werke sind es, denen *Don Juan und Faust* insbesondere verpflichtet ist: in dem dramatischen Gedicht *Manfred* fand Grabbe das die Grenzen des Irdischen überschreitende Streben und Forschen, dem nie Erfüllung wird, und die daraus hervorgehende Sehnsucht nach dem einfachen Leben, fand er Daseinsekel und Todesverlangen; durch die Lektüre des Mysteriums *Cain* wurde die Handlung der Tragödie in das Bereich des Kosmischen ausgeweitet.

Die Verbindung der beiden Sagen-Handlungen gelang Grabbe, indem er die Szene in das welthistorische Rom verlegte. Dort ist der Gouverneur Don Gusman, Donna Annas Vater, spanischer Gesandter. Mit vollem Bedacht hatte Grabbe diese Wahl getroffen. Denn Rom war ihm die Stadt, wo sich „im Augenblick Jahrtausende" verschmolzen (*„Papst auf dem Kapitol*, und auf dem *Pantheon Efeu von gestern*!"), und so sollte all das, was sie an geschichtlichen Erinnerungen in sich begriff, „wie ein Resonnanzboden durch das ganze Stück" klingen, zugleich aber auch das Nebeneinander von Ehedem und Heute, das Walten eines neuen Geistes über den Trümmern der Antike einen wesentlichen Zug von Grabbes Geschichtsauffassung verdeutlichen: die Überzeugung, daß nichts von alledem, was der Mensch in der Geschichte schafft, Bestand hat, daß alles der Veränderung, ja dem Untergang preisgegeben ist. Rom, ein Spiegel – aber ein zerbrochener. Zugleich aber auch ein künstlerisches Mittel, weltschmerzliche Stimmung zu erregen. So wie Manfred im Angesicht des mondbeschienenen Kolosseums schwermutvollen Betrachtungen sich hingibt über diese edlen, in Trümmern noch vollkommenen Reste, einst der Gladiatoren blutiger Zirkus, indes Augustus' Hallen und des Cäsars Gemächer in verworrenem Verfall am Boden hinkriechen, so werden hier die Ruinen der Stadt zu Symbolen der Vergänglichkeit. Und wenn Don Juan schon mit seinen ersten Worten die Vorstellung einer schlafenden Stadt beschwört, die ermüdet sei vom jahrtausendalten Schlachtenkampfe, weit mehr noch vielleicht von der Bürde ihres Ruhmes, so konnte ein solches

Bild nur geprägt werden von einer Epoche, die selbst nach dem Fieber der Napoleonischen Kriege von lähmender Erschöpfung befallen war.

Ungeachtet manch abschätziger oder übermütiger Äußerungen Grabbes kann man nicht verkennen, aus welch tiefer seelischer Erschütterung sein *Don Juan und Faust* hervorgegangen ist. Ein Urerlebnis, dessen letzte persönliche Einzelheiten uns verborgen sind, steht am Anfang von Grabbes dichterischem Schaffen. Im Zusammenprall seiner kindlich gläubigen Seele mit der Wirklichkeit des Lebens war die überkommene geistige Welt, die für seine Zeit bestimmend gewesen war und aus der diese ihren Glauben an die Gesichertheit des menschlichen Daseins gezogen hatte, zusammengebrochen. Er hatte eine Welt erfahren, aus der Gott gewichen war. Gott war in eine Ferne gerückt, die ihn jeder unmittelbaren Erkenntnis entzog. Mit dieser Entfernung Gottes aus der Welt aber waren alle die Werte und Vorstellungen, die mit dem bisherigen Gottesbegriff verknüpft gewesen waren, entwertet worden und hatten ihre Verbindlichkeit für den Menschen verloren. Aus dieser Einsicht war Grabbe die bittere Erkenntnis von der Problematik alles Lebendigen überhaupt erwachsen.

Bei der ihm innewohnenden Religiosität war der junge Grabbe durch das Erlebnis einer gottentleerten Welt in eine tiefe seelische Not geraten. Denn die Frage nach dem Wesen Gottes war ihm zugleich die Frage nach dem letzten Sinne des Seins, und da er empfand, ohne einen solchen nicht leben zu können, so blieb er fortan verzweifelt bemüht, ihn zu finden. Diese Fragen nach dem Wesen des Göttlichen, nach der Möglichkeit, Gottes Sein unmittelbar zu erfahren, und nach dem Sinne der menschlichen Existenz sind das Kernproblem, welches im wesentlichen Grabbes dramatische Werke bis zum *Don Juan und Faust* beherrscht.

Das erste dichterische Zeugnis dieses inneren Ringens ist der *Herzog Theodor von Gothland*. Sein Thema ist der Verlust eines gottbezogenen Weltbildes und der vergebliche Versuch, einen verbindlichen Ersatz dafür zu finden. Der Gott, der mit allumfassender Güte das Weltall trägt, wird als ein Phantom erfahren. Die Erkenntnis der Boshaftigkeit des Absoluten, der Sinnlosigkeit des Lebens, der Dämonie der eigenen Seele, das ist es, was am Schluß dieser Tragödie steht. Die letzten Fragen waren ohne Antwort geblieben.

Dies war die innere Situation, in der Grabbe nach Berlin kam. Dort fand er Eingang in einen Kreis junger Leute, in dem weltanschauliche Probleme und Gedanken zeitgenössischer Philosophen ernst und leidenschaftlich diskutiert, darüber aber auch die Genüsse dieser Erde nicht vernachlässigt wurden. Er pflegte Kameradschaft mit August Robert, dem Katholiken; gemeinsam wandten sich die beiden brieflich an den Konvertiten Adam Müller, einen der führenden Köpfe unter den Wiener Romantikern. Er blieb den Wissenschaften zugewandt. Als er aber nachher Amadeus Wendt, den Ästhetiker an der Leipziger Universität, aufsuchte, kam dieser zu der Überzeugung, daß es unmöglich sei, ihn dabei zu erhalten. Er erkannte in Grabbe einen jungen Menschen, der ihm „durch sein Naturell, seine Kenntnisse, seine durch verschiedene Lagen erhöhte Versatilität bestimmt zu sein" scheine, „durch die mannigfaltigsten Zustände sich hindurchzuschlagen, bis die Kraft sich zerrieben, oder er in Anschauung eines Höhern Ruhe finden" könne. Wenige Wochen nach dieser Begegnung stand Grabbe in der Katholischen Hofkirche in Dresden; es war das erste Mal seit Jahren, daß er ein Gotteshaus betreten hatte. Dabei fühlte er, wie er später einem seiner Freunde gestand, fast bis zu Tränen, wie sehr ihm ein inniger Glaube nottue. Den ihm Fernerstehenden aber zeigte Grabbe nur das andere Gesicht: ein wildes, zügelloses Leben, gleich als ob er sich in den Armen der Sinnlichkeit, im Genuß der heißesten Getränke betäuben wolle – das Zerrbild also eines Menschen, dem das Dasein zur Qual, das Leben bedeutungslos geworden war.

So konnte Grabbe in einem Brief vom Dezember 1822 an Ludwig Tieck, dem er den *Gothland* gesandt hatte, bekennen, daß er schon seit seinem siebzehnten Jahre fast alle Höhen und Tiefen des Lebens durchgemacht habe; daß sein Geist durch traurige innere und äußere Verhältnisse in die tiefste Apathie versetzt sei und er nun stillstehe. Und als er im Mai 1827 vor dem vertrauten Freunde Kettembeil die Summe seiner Existenz zog, da zeichnete er sich als einen Menschen, der so ziemlich die Tiefen des Lebens, der Wissenschaft und der Kunst genossen habe, dessen Gefühl zertrümmert, dessen Seele tot, und der sich deshalb selbst so gleichgültig sei, als ob er ein Dritter wäre; als einen Menschen, dem das, was jetzt noch unter seinem Namen auf der Erde sich hinschleife, wie ein Grabstein vorkomme, an dessen Inschrift Tag für Tag weiter gehauen werde.

Auch der Tragödie *Don Juan und Faust* liegt die Frage nach dem Sinn der menschlichen Existenz zugrunde. Wiederum wird der Versuch unternommen, die Welt zu deuten, nur von einem anderen Blickpunkt aus.

Faust ist aus einem Glaubenskämpfer zum Gottesträumer geworden. Er hat das geliebte Vaterland verlassen, weil es ihn nicht hat befriedigen, auch die Reformation ihm keine Wahrheit, die bestehe und beruhige, hat geben können. In seinem Studierzimmer spricht er den Monolog, der seit Marlowe Tradition der Faust-Dichtungen geworden war. Während Goethes Faust alle menschlichen Erfahrungen machen möchte, auch die schmerzlichsten, um so die Schranken zwischen dem eigenen Selbst und der Menschheit niederzureißen und sein Ich in sie verströmen zu lassen, ist Grabbes Faust nach Rom geflohen, um dort die ganze Menschheit in sich aufzunehmen und sich an ihrem Genuß zu ersättigen.

Faust ist erfüllt vom Streben nach Erkenntnis; Erkenntnis aber ist ihm Leere und Vernichtung. Er erlebt sein Forschen als einen tödlichen, nie zu stillenden Durst. Es ist ihm, als baue er damit nur Wüsten um sich her, eine grenzenloser als die andere, in denen er verschmachte und verzweifle. Da er glaubt, der absoluten Wahrheit nur durch Gott innewerden zu können, so hat er die Gottheit gesucht. Jeden nur erdenklichen Pfad der Kunst und Wissenschaft hat er beschritten, um zu diesem Ziel zu gelangen, die ersehnte Erkenntnis aber durch eine unmittelbare Begegnung mit Gott ist ihm nicht zuteil geworden, weil dieser dem Fragenden jede verbindliche Antwort verweigert hat.

Die Unbegreifbarkeit des göttlichen Wesens treibt Faust zum Bund mit der Hölle. Auf seine Beschwörung erscheint ihm der Satan in der Gestalt eines schwarzen Ritters. Wie der Dämon in Calderons *Wundertätigem Magus,* war auch er einst ein Geist der Tugend und der Gnade. Nur diese hat er verloren, nicht aber das Wissen. Wie Byrons Luzifer ist er der einst gestürzte Titane, der dem höchsten Wesen Trotz bieten wird bis zum Ende aller Tage. Dem Menschen aber, der ihn zu seinem Dienst gezwungen hat, steht er mit unbändigem Haß gegenüber.

Faust fordert vom Satan die Enträtselung der Welt. Er hofft, mit seiner Hilfe hinter das Gegenständliche schauen, den Geist in der Materie, den geheimen, ihm bisher verborgenen Sinn des Alls erfassen zu können, um auf diesem Wege am Ende doch den Schöpfer alles Seienden als lebendige Wirklichkeit in seiner Schöpfung zu erkennen.

Nun durchmißt der schwarze Ritter mit ihm das All. Diese Reise aber endet für Faust mit einer schmerzlichen Enttäuschung und bestätigt die Skepsis, die sich schon bei Abschluß des Paktes in ihm geregt hat. Es ist ihm nicht gelungen, hinter das Äußere der Erscheinungen zu blicken, denen er unterwegs begegnet ist. Nur die Form der Dinge hat er wahrnehmen können, die Kraft aber, welche sie bewegt, der Zweck, dem sie dienen, sind ihm verborgen geblieben, weil, wie ihm der Teufel erklärt, für den Menschen das, was unsagbar sei, auch unfaßbar bleibe. Damit aber erkennt Faust, daß er mit seinem Drang nach Wahrheit nicht deswegen gescheitert ist, weil das Göttliche sich nicht habe offenbaren wollen, sondern weil dem Erkenntnisvermögen des Menschen unüberschreitbare Grenzen gesetzt sind.

Mit dieser Einsicht sieht sich Faust zurückgeworfen in den Bereich des Irdischen, der ihm nun wertlos geworden ist. Darum muß er einen neuen Bezug seines Ichs finden, um sein Selbst als ein sinnvolles zu deuten. Hier setzt Fausts Liebe zu Donna Anna ein. Während er aber noch vorher gemeint hatte, erst dann könne er ein Mädchen lieben, wenn ihm die Gottheit klar sei, so erfährt er jetzt das Umgekehrte. Auch in der Liebe bleibt er der „Gottesträumer"; denn hinter ihr sucht er nur wieder das Absolute.

In Fausts Begierde nach der Donna Besitz offenbart sich – charakteristisch genug für den Dichter – sein Streben nach Macht. Anna aber lebt, wie ihr Vater, ein der göttlichen Ordnung gemäßes Leben. Wohl hat Don Juan ihre Liebe gewonnen; ihre Hand aber Don Octavio. An der Festigkeit ihres Charakters scheitert Fausts Werben. So mordet er sie mit Zaubers Kraft.

Im Angesicht der Toten setzt Fausts Wandlung ein. Er kommt zu einer doppelten Einsicht. Er erkennt, daß die Welt doch werthaltig sei; denn man kann drin lieben. Und er erkennt ferner, daß es einst einen Gott gab. Der aber ist verloren gegangen, und dem Menschen bleiben nur Tränen über seinen Verlust. Unmittelbar vermag er dieses unzugänglich gewordene Absolute nicht zu finden; er bedarf dazu eines Mittlers (einer „Wetterleiter").

Mit dieser Erkenntnis hört Faust auf, der Titane zu sein. Er sieht ein, daß er gehandelt habe, wie er nicht sollte, und erfüllt den Pakt. An seinem Ende waltet die protestantische Strenge des alten Volksbuches. Justinens Glaube (im *Wundertätigen Magus*) an die göttliche Gnade und deren unendliche Kraft, Sünden zu vergeben, bleibt ihm fern. Ehe Faust aber vom Satan erdrosselt wird, tritt er ihm in titanenhafter Selbstbehauptung noch einmal trotzig entgegen: „Wenn ich ein ewges Wesen bin, so ring / Ich auch mit dir von Ewigkeit / Zu Ewigkeit, und möglich, daß ich siege."

Dem Untergang der (nach des Dichters Worten) zu übersinnlichen Natur im Menschen in der Gestalt Fausts ist derjenige Don Juans als der zu sinnlichen gegenübergestellt.

Faust muß ein Ziel haben. Sein Blick war auf das gerichtet, was hinter den Dingen liegt. Er suchte die Gottheit. Für Don Juan bedeutet jedes Ziel den Tod. Er lebt nur dem Tage. Was er sucht, ist das Vergnügen, und im Vergnügen die Abwechslung. Denn nur sie gebe dem Leben Reiz und lasse uns dessen Unerträglichkeit vergessen.

Don Juans Vorstellung vom höchsten Wesen macht eine Wandlung durch. Zunächst gibt er die Möglichkeit seiner Existenz zu, wenn auch seinem Glauben die Gewißheit fehlt. Schließlich aber geht auch ihm Gott verloren und wird zu einem bloßen Worte. Mit Gottes Verlust aber bricht eine alte Wertewelt zusammen, wird eine Ordnung sinnlos, die ihren absoluten Maßstab von ihm empfangen hatte. So sieht sich Don Juan vor das Problem gestellt, eine neue, für ihn verbindliche Welt- und Werteordnung zu schaffen. Dies gelingt ihm durch sein Bekenntnis zur Wirklichkeit, d. h. der Welt der stofflich-dinglichen Erscheinungen; dadurch, daß er die Gesetze der Natur zur absoluten Norm erhöht und von dorther der Form des eignen Seins eine Deutung gibt. Mit dieser Eingliederung in das Bereich der wertespendenden Natur beginnt für ihn ein „neues Dasein". Die überkommenen ethischen Forderungen hören auf, für ihn verbindlich zu sein. Die Werte vertauschen sich. Er steht jenseits von Gut und Böse. Gehorcht er den Naturgesetzen, die er zu Wertgesetzen gemacht hat, so kann man dies keine Sünde nennen, und selbst die Tötung eines Menschen hört auf, ein Mord zu sein.

Die Treue zu sich selbst bewahrt Don Juan bis zu seinem Ende, welches das der Sage ist. Auch dann zagt er nicht, als die Geister, an die er bis dahin nicht geglaubt hat, ihr Dasein bewiesen haben. Bis zum letzten Atemzuge bleibt er, der er war. So ist sein Untergang nicht ohne Größe. Während aber sonst sein hasenherziger Begleiter diesem entrinnt, wird er hier – Abbild der Grausamkeit des Lebens – in den Flammentod hineingerissen, den sein Gebieter erleidet.

*Don Juan und Faust* bildet nach des Dichters eigenen Worten den Schlußstein seines bisherigen Ideenkreises. Die spätere Bindung an die Geschichte erklärt sich als Versuch, das menschliche Dasein von dorther als sinnvoll zu deuten.

*Don Juan und Faust* ist, soweit bekannt, lediglich ins Russische übersetzt worden, wie es auch das einzige Werk Grabbes zu sein scheint, das die Russen interessiert hat. Die Übertragung findet sich in der Januar-Nummer der Zeitschrift *Vek* von 1882 auf den Seiten 172–268 und stammt von Cholodkovskij.

*Alfred Bergmann*

## *Benutzte Literatur*

Arild *Christensen*: Titanismus bei Grabbe und Kierkegaard. In: Orbis Litterarum. Jg. 1959. S. 184–205.

Ernst *Diekmann*: Christian Dietrich Grabbe: Der Wesensgehalt seiner Dichtung. Versuch einer Deutung seiner Weltanschauung. Detmold, Meyer (1936).

Annemarie *Friede*: Der Mensch im Werke Christian Dietrich Grabbes. Berlin, Freie Universität. Phil. Diss. v. 20. Febr. 1956. (Maschinenschrift.)

# Prosa aus Biedermeier und Vormärz

IN RECLAMS UNIVERSAL-BIBLIOTHEK

---

Berthold Auerbach, *Schwarzwälder Dorfgeschichten.* Ausw. und Nachw. von Jürgen Hein. 4656 [4]

Ludwig Börne, *Briefe aus Paris.* Ausw., Anm. und Nachw. von Manfred Schneider. 9850 [3] – *Monographie der deutschen Postschnecke.* Skizzen, Aufsätze, Reisebilder. Ausw. und Nachw. von Jost Hermand. 11 [2]

Georg Büchner, *Lenz. Der hessische Landbote.* Nachw. von Martin Greiner. 7955 – *Lenz.* Studienausgabe. Hrsg. von Hubert Gersch. 8210

H. Clauren: *Mimili.* Wilhelm Hauff: *Kontrovers-Predigt über H. Clauren und den »Mann im Monde«*, Hrsg. von Joachim Schöberl. 2055 [2]

*Der deutsche Vormärz.* Texte und Dokumente. Hrsg. von Jost Hermand. 8794 [5]

Annette von Droste-Hülshoff, *Die Judenbuche.* Novelle. 1858 – dazu *Erläuterungen und Dokumente* hrsg. von Walter Huge. 8145

Friedrich Gerstäcker, *Die Flucht über die Kordilleren. John Wells.* Erzählungen. 6320

Adolf Glassbrenner, *Der politisierende Eckensteher.* Ausw. und Nachw. von Jost Hermand. 5226 [3]

Jeremias Gotthelf, *Elsi, die seltsame Magd. Der Besenbinder von Rychiswyl.* Erzählungen. 7747 – *Die schwarze Spinne.* Erzählung. Nachw. von Konrad Nussbächer. 6489 [2] – dazu *Erläuterungen und Dokumente* hrsg. von Wolfgang Mieder. 8161 – *Uli der Knecht.* Hrsg. von Hans Peter Holl. 2333 [7]

Franz Grillparzer, *Der arme Spielmann.* Erzählung. Nachw. von Emil Kast. 4430 – *Das Kloster bei Sendomir.* Erzählung. Nachw. von Karl Pörnbacher. 8761

Karl Gutzkow, *Wally, die Zweiflerin.* Hrsg. von Günther Heintz. 9904 [6]

Wilhelm Hauff, *Das Bild des Kaisers.* Novelle. Nachw. von Gerard Kozielek. 131 [2] – *Die Geschichte von dem kleinen Muck. Der Zwerg Nase.* Märchen. Nachw. von Erwin Ackerknecht. 7702 – *Das kalte Herz und andere Märchen* (Gespensterschiff. Kalif Storch). 6706 – *Saids Schicksale. Die Geschichte Almansors.* 8321

Heinrich Heine, *Aus den Memoiren des Herren von Schnabelewopski.* Nachw. von Manfred Windfuhr. 2388 – *Die Harzreise.* Nachw. von Friedrich Sengle. 2221 – *Ideen. Das Buch Le Grand.* Hrsg. von Dierk Möller. 2623 – *Der Rabbi von Bacherach.* Hrsg. von Hartmut Kircher. 2350 – *Die romantische Schule.* Hrsg. von Helga Weidmann. 9831 [5]

Justinus Kerner, *Ausgewählte Werke.* Hrsg. von Gunter Grimm. 3857 [7]

Eduard Mörike, *Mozart auf der Reise nach Prag.* Novelle. 4741 – dazu *Erläuterungen und Dokumente* hrsg. von Karl Pörnbacher. 8135 [2] – *Das Stuttgarter*

*Hutzelmännlein.* Märchen. Hrsg. von Walther Hofstaetter. 4755

Charles Sealsfield, *Das Kajütenbuch oder Nationale Charakteristiken.* Hrsg. von Alexander Ritter. 3401 [6] – *Die Prärie am Jacinto.* Erzählung. Nachw. von Karl Konrad Polheim. 7881

Adalbert Stifter, *Abdias.* Erzählung. Nachw. von Paul Requadt. 3913 – dazu *Erläuterungen und Dokumente* hrsg. von Ulrich Dittmann. 8812 – *Bergkristall.* Erzählung. Nachw. von Helmut Bachmaier. 3912 – *Der beschriebene Tännling.* Erzählung. Nachw. von Karl Pörnbacher. 7548 – *Brigitta.* Erzählung. Mit einem Nachw. 3911 – dazu *Erläuterungen und Dokumente* hrsg. von Ulrich Dittmann. 8109 – *Die drei Schmiede ihres Schicksals.* Hrsg. von Karl Pörnbacher. 9863 – *Granit.* Erzählung. Vorrede zu »Bunte Steine«. 7602 – *Der Hagestolz.* Erzählung. 4194 [2] – *Der Hochwald.* Erzählung. Nachw. von Emil Merker. 3861 [2] – *Kalkstein.* Hrsg. von Karl Pörnbacher. 9932 – *Der Kondor. Das Heidedorf.* Erzählungen. Nachw. von Irene Ruttmann. 8990 – *Die Mappe meines Urgroßvaters.* Hrsg. von Karl Pörnbacher. 7963 [3] – *Nachkommenschaften.* Hrsg. von Karl Pörnbacher. 7924 – *Der Waldsteig.* Erzählung. 3898 – *Wien. Die Sonnenfinsternis.* Nachw. von Johannes Urzidil. 8850

Georg Weerth, *Humoristische Skizzen aus dem deutschen Handelsleben.* Hrsg. von Jürgen-Wolfgang Goette. 7948 [2]

---

Philipp Reclam jun. Stuttgart

# Christian Dietrich Grabbe

IN RECLAMS UNIVERSAL-BIBLIOTHEK

*Don Juan und Faust.* Tragödie. Mit einem Nachwort von Alfred Bergmann. 290 [2]

*Hannibal.* Mit einem Nachwort von Alfred Bergmann. 6449

*Herzog Theodor von Gothland.* Tragödie. Herausgegeben von Rainer Dorner. 201 [3]

*Napoleon oder die hundert Tage.* Drama. Mit einem Nachwort von Alfred Bergmann. 258 [2]

*Scherz, Satire, Ironie und tiefere Bedeutung.* Lustspiel. Mit einem Nachwort und Anmerkungen von Alfred Bergmann. 397

Philipp Reclam jun. Stuttgart

Geschichte der deutschen Literatur
von den Anfängen bis zur Gegenwart

---

Band I: *Vom frühen Mittelalter bis zum Ende des 16. Jahrhunderts.*
Von Max Wehrli. 2. Auflage. 1242 Seiten.

Band II: *Vom Barock bis zur Klassik.*
Von Werner Kohlschmidt. 2. Auflage.
984 Seiten. Mit 112 Abbildungen.

Band III: *Von der Romantik bis zum späten Goethe.*
Von Werner Kohlschmidt. 768 Seiten.
Mit 79 Abbildungen.

Band IV: *Vom Jungen Deutschland bis zum Naturalismus.*
Von Werner Kohlschmidt. 2. Auflage.
924 Seiten. Mit 110 Abbildungen.

Band V: *Vom Jugendstil zum Expressionismus.*
Von Herbert Lehnert. 1100 Seiten.
Mit 80 Abbildungen.

---

Philipp Reclam jun. Stuttgart